小説

増田みずこ

Masuda Mizuko

小説◎目次

装画

朴栖甫《描法 No.060825》2006

Park Seo-Bo（b.1931）
Ecriture（描法）*No.060825*
2006
Mixed media with Korean *hanji* paper on canvas
162 × 195cm
Courtesy of the artist
Photo：Park Seo-Bo studio
Image provided by Kukje Gallery

*

装幀

田畑書店デザイン室

小説

女学生

空は大半が黒い雲におおわれているが、所々、透き通ったように青い部分が小さく開いていて、そこにいくつか星が輝いているのが見える。月はどこにも見えない。

「月っていつも違う場所にあるのね。この年になってはじめてそんなことに気がついたの。それまではきっと月を見る余裕もなく生活に追われていたんでしょうね」

順子は、目の前で自分がたった今道端に投げ捨てた煙草の吸殻を、執拗なまでに踏み消し続けている老いた母親の姿を眺めるうちに、昔、母親がふと口にしたことがあるそんな言葉を思い出した。しかし順子と母親の二人の体を静かに包んでいる濃い闇の色と同じように、その記憶も黒く濁っていて、どんなときに母親がそんなことをいいだしたのか、まったく覚えていなかった。

「もう、火は消えているでしょう」

順子が声をかけると、母親はいったん動作を止めたが、まだ気になるらしく、無言のまま、サンダルばきの足を吸殻の上に戻し、さっきと同じように、何度も踏みつけては火が消えたのを確かめるようにじっとその地面をにらみつけることを繰り返している。こんなになっても火の始末は気になると見える。

だがしばらくするとふとそこから離れて、順子のそばまできた。そうして、順子を真似するように、ゆっくり隣にしゃがみこんで並んだ。何もしゃべらない。母親が大きな声をあげたりしないのは助かるけれども、騒いだってかまわないのに、という気もする。騒いで近所じゅうの人の眠りを醒まさせてしまったってかまわない。

「せっかく順ちゃんが遊びに来てくれているのに、こんなときに限って、こんなことになっちゃって。ごめんね」

「お母さんがあやまることはないわ。なりゆきだったのよ」

「でも、あの人は私の夫でしょう。夫のしたことは妻にも責任があるんじゃないかしら。よくわからないけど」

深夜に外で過ごすには年老いた母親の着ているものが薄すぎるのではないかと思うが、しかたがない。責任というなら、着の身着のままで母親を連れ出した順子にある。

順子は、まだ少し体が火照っているので、晩秋のひんやりした夜気が心地よく感じられる。家を出られてほっとしている。ここにいれば暗闇にまぎれてはいるが、ゆっくりとした風が流れていて、自由な感じがする。けれども母親にはもう自由はないのだろうという気がする。もしや母親は、何度もこんな目にあっているのではないだろうか、と思う。

「今夜は月が出ていませんねえ」

母親の気を引いてみたい気持になって、順子がつぶやくと、母親はゆっくりと順子の方にむくんだような顔を向け、

「そうですか。今夜は月は出ていませんか」

と、空も見ずに一本調子の声を返してきた。自分からきりだした話でないと、母親のしゃべり方はそんなふうになるらしかった。何をいわれているかわからないようなぼんやりした顔をしている。今は月どころではないのもたしかだろう、と順子は反省する。こういうところが自分はだめだと思う。母親のしたいような会話を思いつけない。ただ漠然と母親の気を引きたいだけなのだ。

「月って毎日、空のちがう場所にあるんですね」

そういってみたくてならない。しかしいわずに黙っている。そういう言葉に母親は興味を示さないだろうと思うからである。

順子は、これまで母親とまともに話をしたことがない。何を話せばよいかわからないのだ。順子は、子供のころのある日、自分が母親に好かれていないような気がして、それ以来、母親に心を開かなくなった。友達をけなされたのだったか、好きな服の色を趣味が悪いといわれたのだったか。

だから、いってみたくてしかたがないことも、口にすることはない。意味のないことだけを小出しにしていってみる。

「寒くありませんか」

「寒くはありませんね」

「もう少し、待てますか」

「待てますよ」

「そう、それじゃもう少しだけ待って下さいね」

「もう少しですね」

母親はおうむ返しに返事をする。感情はこもらないが、それにしても今まで聞いたことのないような優しい声の響きだと順子は思う。その声は子守唄のように順子の耳を甘くくすぐり、もっと長く聞いていたいという気持にさせた。母親の声というものは、そんなふうに、子供を安らがせる魅力をもつものなのだろう。ずっと昔にそんな声を聞いたこともあったような気がしたが、記憶をさかのぼっても、荒い声で叱られている自分しか思い出せなかった。

こうして、人目もないところで母親と仲よく寄り添いあっているのは、現実とも思えないふしぎな気分である。べつに、昔がなつかしくなるようなことはない。さっき、四十年ぶりくらいに母親の手をとっさに握ったときの感触も、よく覚えていない。母親の頭のなかでは、順子は久しぶりに遊びに来たことになっているらしいが、この家に遊びに来たことは一度もないのである。この家は、母親がアルツハイマーになってから父親が小さく建て直したもので、まだ三年そこそこしかたっていない。建て直す前の家にも、順子はほとんど寄りつかなかった。


しかし、それにしてもつかれた。頭のてっぺんから足の爪先までしびれたように力が入らない。今朝早くからほとんど神経が休まるひまもなく動きまわっていたのだ。

まだ来ないのか。

腕時計を見ると、十一時半に近い時刻である。警察に電話をかけたのが十一時ちょうどくらいだった。電話をして五分もたたずに家を出たのだから、来るのにずいぶん時間がかかっている。

順子は、立って道の角のところまで行き、広い道路の方へ首をのばしてみた。家は住宅団地のいちばん端にあって、すぐ前に畑地が広がっている。暗いのでよくわからないが、田舎のことで見渡すかぎりどこにも人気はなく、広い道路にも車はまったく通らない。

　順子はがっかりして、とぼとぼと元のところに戻ると、音をたてないように気をつけて家の門に近づき、中をのぞいてみた。閉まったきりの玄関ドアは、門灯のぼんやりした明かりを反射して白々しく光っている。門灯の明かりが白い霧のように見える。庭に面した大きなガラス戸は電動の防犯シャッターにおおわれていて、真暗である。

　夜がふけてきた頃、父親は、「もう朝になったんだろう」といって防犯シャッターをあげるスイッチをいれた。ところが外が真暗だったので、父親はひどく驚き、「どうしてまだ夜なんだ。おかしいじゃないか」といって怒りだしたのである。それから父親は家じゅうに四箇所ある電動のシャッターを、全部あけて回った。順子は、そのあとを追って、しめて回った。近所の目を気にしたのだ。するとまた父親は、順子がしめたシャッターをあけるのである。そのうち、うまい具合に、ちょうど全部おりたところで、父親は、ふいにシャッターから離れ、今度は戸棚をあけたりしめたりしはじめたのである。

　シャッターがしまったままでいるのはいいことだと順子は思う。あれが開いて、そこから父親が飛び出してきたりしたらこわい。何の気配も伝わってこないのがいい。

　母親は文句もいわずに同じ場所でじっとしている。こちらを見てもいない。かわいそうに、こんな目にあわされて、さぞつかれていることだろう、と順子は思うが、しかし、少し離れた場所から、その力なく丸まった姿を見ると、母親という気がしない。何かの動物の影のように見える。

家のなかにいる父親のことも、家そのものも、順子がそばにいることも、すべてを忘れてしまったような、無関心な顔をしている。

順子には、夜中に母親と二人きりで外にいることが、ふしぎでならないのだけれど。こんなにぼんやりした母親を見るのも初めてなら、あれほど凶悪な父親を見たのも初めてだった。発作が起きて、父親の顔が善人から極悪人へと瞬時に入れ替わったのである。あれは、芝居などで見る代表的な極悪人の形相だった、と順子は思うのである。虫けらと呼ばれたのが胸にこたえている。実際にそう思っていた様子なのがよけいにせつない。実の娘であると同時に虫けらである。正気とそうでない部分とが水と油のように分かれていて、とけあわないものが無理に結ばれる。「おい。汚い顔をしたしわくちゃばばあ。こっちへ来い」と、父親は母親を呼びつけた。「私のこと?」といいながら母親は父親のそばにいった。「お前のほかに誰かいるか? ここにすわっておとなしくしていろ。今、おれ様が、邪魔な虫けらを一匹退治してやるからな。」虫けらとは順子のことである。「なぜ退治するかといえば、この虫けらがおれ様の家をひっかきまわしてめちゃくちゃにしてくれたからだ」父親はそう説明した上で、「虫けらめ。とっととおれの家から出て行け」と、大声をだしたのだった。

そんなこともあんなこともあったけれど、実際には何も起きていない。父親が今夜、妄想の発作を起こしたというだけの話である。母親は前々から物忘れの病気に罹っている。

母親はもう、これまでのほかのたくさんの出来事と同じように、父親の発作も忘れてしまえばいいのである。

自分も、いつか忘れてしまえるようになればいい、と順子は思う。母親のように、五分前に起きた大半のことを忘れてしまうというのは、どういう感じなのか、外から見るだけではわからないが、いずれ自分にもそういう時が来るのだろうか。

順子は母親を見た。じっと見ていると、母親の昔の姿が次々と思い出されてくる。昔の母親を思い出していると、自分の心のなかを見つめているような気分になってくる。見るということは何かを思ったり感じたりすることなのだろうかと思う。順子は母親を見るが、母親は順子を見ない。

暗がりの奥から、白っぽい大きな影がふいに現れ、狭い道をふさぐようにすうっと近づいてきて、順子のすぐ目の前で止まった。順子が待っていたパトカーがやっと到着したのだった。パトカーはサイレンを鳴らさず、ライトもしぼって、目立たぬようにひっそりとやって来たのだった。音もなく運転席のドアが開いて、若い警官が二人降りてきた。三十代前半と二十代半ばといった年配に見える。二人足した年齢が自分の年で、自分と若い方の警官の年を足したのが母の年齢だなと順子は思いながら立ちあがっていって頭を下げた。

「夜中にお騒がせしてすみません。電話をしたのは私です。どうしていいかわからなかったものですから」

「そうですか。それでお父さんはどうしています？」

年かさの方の警官が、小柄な順子の目の高さに顔を近づけてきてささやくようにそうたずねた。

「中に一人でいます。私と母が締め出されました」

「鍵をかけられちゃったの？」

「ええ。そうなんですが、鍵はあります」

「じゃあ、その鍵を貸してもらって、私が一人でなかへ入って、お父さんと話をしてみましょう。娘さんは、向うから見えないところに隠れていたらどうですか」

順子がハンドバッグのなかを探って鍵を見つけだすと、警官はそれを受け取って、ためらいのない大股の歩き方で門の中へ入っていった。

「順ちゃん、鍵を持って出たの？　すばやかったわね」

母親が、とつぜん、そばへ寄ってきて、はしゃいだように声をかけてきた。

「しっ。静かにしてちょうだい。パパに聞こえたら困るでしょう」

「順ちゃんが鍵を持ってると思わなかった。鍵があるならだいじょうぶね」

居残った若い方の警官が母親を見ている。母親の調子がどこかおかしいのがわかるのだろう。母親のおかしさは誰の目にもわかる。何かに執着しはじめると、興奮して、声を抑えることができない。

「大きな声をださないで」

順子は母親に向って、口の前に人指し指を立てて見せる。母親は、わかっているというふうに、うなずいている。だがそのすぐ後から、

「あなた、なかなかやるじゃない。見直したわ。ねえ、いつから鍵を持っていたの？　私、全然、気がつかなかった」

と、いっそう張った声を遠慮もなく夜気に放つ。彼女の顔からは、今までの無表情が嘘のように消えて、目が喜びに輝いている。

「私はてっきり鍵がないと思っていたから、それでちょっと困ったことになったなと思っていたの」

まだしつこくいいつのる。そうした執拗さは昔の母親はもっていなかった。病気の症状のひとつだと聞いている。母親を従順にさせるのにはきつい命令の声だけが効く。そのことを順子

は昨日父親の口から教わったばかりであった。父親が母親に語りかける言葉はすべてが命令であった。

「黙りなさい」

それを真似た順子の一声で、母親の表情が一瞬にして消え、そして声を発しなくなった。従順になるときには、感情も活力も消えてしまうらしかった。

若い警官が二人に近寄ってきて、なだめるような響きの声で順子に話しかけた。

「中にいるのはこの方のだんなさんで、あなたのお父さんなんですね?」

「そうです」

「中、静かじゃないですか。お父さんも暴れたりしている様子はなさそうで、よかったですね」

人のよさそうな警官は、母親の方を見ないで順子に話しかける。母親は何だか警官が割り込んできたことが気に入らなかったのか、そっぽを向いている。

ずいぶんと時間がすぎた後に、年かさの警官が一人で家から出てきた。

「ええと、順子という人がお金を盗んだから追い出したといっていますが、あなたがその順子さん?」

「はい、そうです」

「ああ、そうですか。お父さんはおとなしいもんでしたよ。テーブルの上にあぐらをかいて腕組みをしていましたが、興奮した感じもなく、どうせぼくが何か悪いことをしたからつかまえに来たんでしょ、どこへでも行きますよ、と笑っていってました。どんな悪いことをしたんですかと聞いたら、そんなことは知らないといってましたよ。でも、ずいぶん端整で上品な顔つきの方ですねえ。学歴も相当高いんでしょう？　行儀もいいし」

年かさの警官はそんなことをいった。父親は彼に悪い印象を与えなかったようだ。

「それで、どうします？　今は落ち着いているようですから、一度家に戻って、話してみますか？」

「何を話せばよいのか私にはわかりません」

「うん。あなたの顔を見たらまた興奮するかもしれないな。それではどこか病院に連れて行きますか。しかし我々が直接に連れて行くわけにはいかないので、あなたが自分で受け入れ先の病院を探して、連れて行ってもらうしかないのです」

「ですから」と、順子はすがるような声をだした。「父は、私が父のお金を盗んだといっているのですから、私のいうことには耳をかさないと思います」

「そうだった」といって年かさの警官が頭をかくと、若い警官も、「そうですよねえ」と、同調する。ここでいわなければ、と順子は思って一歩前に出た。

「お巡りさんがいるからおとなしくしているのだと思います。父は、今日の昼間、J病院で認知症だと思いもよらぬ診断を受けて、ショックを受けたのです。夜になってから、またそのことを思い出して、ひどく怒って暴れたのです。それから、ごらんになっておわかりかと思いますけれど、母も認知症なのです。母の病気はずっと前からで、父が一人で母の面倒をみてきたのですが、今日初めて、母より重症だと知らされて、それで、いっぺんに悪化したようなのです。父は、母のことを気にかけていませんでしたか？」

順子は、年かさの警官の目をじっと見つめて説明しながら、本当にそうだったのだ、と自分でも初めて父の怒りの正体がわかったような気がした。警官は、「いや、そういうことは何も」と、首を傾けて気の毒そうに否定した。

年かさの警官は、「自分がもう一度話しに行って、できるだけ時間かせぎをするから、その間に病院と交渉するといいですよ」と、いった。今日父親を診察した病院に電話をかけて相談するのがいいだろうという話になった。電話は若い警官が自分の私物の携帯を貸してくれるというので、そうすることにした。病院の電話番号は、順子の財布に今日の診察券が入ったままになっていたから、それを使えばよい。

「包丁を振り回して暴れたとかいってましたよね。説明するとき、それをおおげさに強調して話した方がいいですよ。いくらおおげさでもかまいませんからね。ただ、私がそういったとはいわないでくださいよ」

年かさの警官はそういってから、急ぐふうもなく、また一人で家の中に入っていった。

「これをお貸しします。今、番号をうちこんであげますから、相手が出たら、あなたが自分で話をしてください」

若い警官にさしだされた携帯電話を、順子は受け取って掌にのせてみた。世間ではとうに普及しているその小さな四角い器械を、順子ははじめて手にするのだ。耳がよくないので、電話は苦手だが、自分でやれといわれればするしかない。順子は、パトカーの陰に身をひそめるようにして、警官に教えられるままに、それを耳にあてた。耳の奥がふさがれたような感じがあって、気持が悪かった。それでもがまんして、相手の声を待つ。自分が暗がりで獲物を待ち伏せする動物になった気がした。

順子は合計三回、電話で慣れない交渉を繰り返した。最初にかけたJ病院では、精神科は外来だけで入院設備がないといわれて、別の入院専門の病院を紹介された。それでその病院に電話をすると、こちらも無理だとあっさり断られた。

「ねばって。もっとねばって」若い警官が順子の耳のそばでそう小声ではげますので、「それじゃあ、どうしたらいいんです。今日のこの夜と明日がどうしようもないから、こうしてお願いしているんです。どうか助けてください」と、順子は声を強めて食い下がってみた。「事情はお察ししますが、無理なのです」向うの声はすまなそうにいって、「こちらの病院は、ほかの病院から回されてきた重い患者さんだけを受け入れるシステムになっているのです。患者さんや家族が入院したいと直接いってきてもお受けできないのです」「父が母を包丁で刺して、警察につかまったら、入院できるのですか。それまで待つしかないのですか」「ひとつの方法なのですが、J病院にも夜間緊急外来というのがありますから、そちらへ行っていただいて、そこで診察を受けて、もし必要だとそこの医師が判断したら、こちらの病院に転院になる可能性はあります。百パーセントそうなるということではありませんが。昼間、そこの外来で診察されているわけですから、カルテもあるでしょうし、そうしてみたらいかがですか」

　その時が土曜の深夜でなかったら、順子も最初からJ病院に相談していたにちがいない。土曜の午後に診察を受けたことが引き金になったのである。

　夜間緊急外来というところに順子はさっそく電話をかけて、これからすぐに父親を連れて行きたいといくらか強引な調子で申し入れた。

　どの電話の相手の声も遠く小さく聞こえ、順子一人が声を高く張り上げている感じだった。途中で何度かふっと耳がしめつけられるような違和感を覚えた。夏でもないのにジーッと蝉が啼くような声が突然耳の中にわいてきたりもしたが、順子はかまわず、昼間診断を受けたことが引き金になって精神状態がひどく不安定になったと思われること、包丁を持ち出してきて母親を切りつけようとしたので、危なくて家へ置いておけないこと、病院へは警官に付き添ってもらって行くことなどを、懸命に話した。ようやく相手側の了解をとりつけたときは、一瞬、あたりがしんとして何も聞こえなくなった。携帯電話についている発光ダイオードの豆粒のような光が、まるで夢の中のように美しく輝いていた。

若い警官がそれを知らせるために家の中に入って行った。しばらくすると、父親が二人の警官に付き添われて出てきた。年かさの警官が順子を見て、父親の体を背後に隠すようにしながら、「姿を見せないで」と鋭い声でいった。順子はとっさに母親の手を引っ張って、いっしょに塀の角の向うまで小走りに逃げた。

すぐに年かさの警官が順子を追ってやってきていった。

「我々だけで連れて行くことはできないので、あなたもパトカーのあとから目立たないようにタクシーでついて来てください」

「私がいない方がいいんでしょ？　パパの面倒をよくみてあげてね。今日はいろいろあったような気がするけれど、何があったかは忘れちゃったわ。でも、終わりよければすべてよしというから、きっとこれでいいんでしょう。残り少ない人生ですもの。私もせいぜい今のうちに孤独を楽しむことにするわ」

「一人でだいじょうぶ？」

「だいじょうぶよ。子供じゃないんだから。おかげさまで今日に限らずいつもずっと一人でやってきましたわよ」

つじつまのあうような、支離滅裂なようなことを母親がみょうに饒舌にいうのを聞きながら、順子は迷った末に、一人でタクシーに乗ることに決めた。母親が行きたがらなかったことも意外だったが、それもふくめて、場面があまりにもめまぐるしく変化しつづけるので、よく考えるひまもないのだった。現実感がないままにいそがしく動きつづけている。

車のなかで一人になり、先に行ったはずのパトカーの姿も見えないという状態になると、こんなふうに大騒ぎするほどのことだったのだろうかと、不安が胸にこみあげてきた。タクシーは順子の知らない道を走ってゆく。車内も外も暗く、時々窓際をさっと過ぎてゆく街灯の明かりだけしか、順子の目に入らない。

今日一日のうちに起きた数々のことが、順子の頭のなかをぐるぐる流れている。息を整えるように、今日あったことを順に思い浮かべた。

病院から戻ってずっと眠りつづけていた父親が、夜になって急に起きだしてきて、眠くて足がよろよろしているのに、家中を歩きまわって、戸棚があるとその戸をバタバタとあけしめした。そうして金庫の前までゆくと、ダイヤルを乱暴に回しておいて、金庫があかないと騒ぎだした。母親がそばに寄って、「どうしたの」と声をかけると、「金庫の鍵がこわれた」「あら、こわしちゃったの？　私がためしにあけてみていい？」金庫があかないのは、父親がでたらめにダイヤルを回したからである。母親は金庫のダイヤル番号を書きつけた紙をどこからか持ってきて、それを見ながら金庫をあけた。「あいたわ。あなた、よかったわねえ。こわれてなかったみたい」「どうして、こわれていたものが何もしないのに直ったりするんだ？」いいながら父親は金庫の扉を閉じた。そして「金庫は空だ。お金がなくなった」といった。「お金がなくなったのは、泥棒が入ったからだろう。お前が、他人のいる前で金庫をあけて見せたりしたからだ。大馬鹿者が大変なことをしてくれたな。この家には、我々以外に鍵を持っているやつが入りこんでいるんだろう。おそらくそいつが犯人なんだろう」奇妙に芝居がかった大声の独言のように、父親はいった。じっくり考えながら気をつけてしゃべっているというふうであった。「泥棒が入ったのなら警察を呼ばなければならないだろうな。だが警察を呼ぶ前に自分にできることは自分でしなければならないんだろう。戦うためにまず武器をさがそう」父親の大きな目はうつろで焦点を結んでいないけれども、体は激しい怒りに燃えているように、どしどしと家中を踏み歩いた。

父親が包丁を振り回した現場を順子は見ていない。順子が見たのは、父親の目を盗んで、影のようにすばやく台所から包丁を持ち出し、冷蔵庫の冷凍室に押し込む母親の姿だったのである。そのあとで母親は包丁を隠したのはいいけれど隠した場所を忘れてしまってどうしても見つからないと順子のところへ訴えに来た。その時、母親は、「前に包丁を突きつけられてこわかったのよ」と、いった。しかしその話を詳しく聞く前に、父親がやって来て、「お前は何を敵とひそひそやっているんだ」と怪しがり、母親を指さして、「お前も敵だったのか」と、こぶしを振り上げて襲いかかろうとした。思わず順子が止めに入ると、案外すなおにこぶしをおろして、「どうしてこんなに次から次へと敵ばかりがわいて出てくるんだ」と、どなった。父親は順子を殴らなかった。母親のことも、順子が邪魔したので殴ることができなかった。おかしなことを口ばしりながら歩きまわって、シャッターと戸棚をあけたりしめたりしただけであった。

おおげさにいった方がよいと警官にいわれてああいってしまったが、父親が母親に包丁をつきつけたとは、信じられない。母親は、一面では何でもわかっているような感じもあるけれど、いきあたりばったりの作り話も度々している。本当なんだから、といいつのるケースもあるが、夢でも見たのかしらと自分でも半信半疑のようだったりもする。現実に信じられないことばかりが起きてもいる。母親は理解力はあって記憶をなくす認知症に罹っている。父親は記憶力は確かだが理解力をなくす認知症に罹っている。何が何だかわからない。

　酒瓶が台所の隅に何本も置かれていた。父親の寝酒用だという話だが、順子の知る父親は少なくとも七十歳くらいまでは下戸だった。それが、八十歳の今では一升を何日もかからずにあけてしまうという。母親がそういっただけでなく父親も自分で、「飲むと眠れるんだ」といっていたし、父親の体から酒のにおいが漂ってもいたし、本当のことらしかった。ほかにもある。昔は金の話や性的な話は下品だと嫌がって一切しなかった父親だったが、今日は、ほとんどそのことしか口にしなかった。まだある。口にするだけでなく、順子の目の前で人もなげに、七十八歳になる母親の体を執拗に愛撫しつづけたのである。母親もまた、されるままになっていたのだ。

　近隣の住民から順子の家へ、両親の奇行が目にあまることを知らせる電話がかかってきたのは、つい先日のことである。父親は深夜に近所の家にかけこんで、「女房が若い男に連れて行かれたから助けてくれ」と、訴えたそうである。それで、いっしょに家に行ってみると、当の母親はベッドですやすや眠っていたというのである。ほかにも似たような話をいくつも聞かされた。

　一度口にしたことを忘れずに、父親が、いよいよ警察を呼べといいはるので、順子が電話をかけた。小声でありのままのいきさつを説明する間、父親は腕組みをして順子を見張っていたが、話の内容に口を挟むことはしなかった。受話器を置くと、「電話をかけ終えたら用事はすんだんだろう。それなら虫けらはさっさとこの家から出てゆけ」といった。「もう、誰にも助けてもらわなくていい。二人だけでなかよく暮らしましょうね」父親の膝に手をついてしなだれかかるような姿勢になって、母親がいった。「おとなしくおれのいうことだけをきくか」「もちろん、きくわよう。私はパパだけが大事なの。はじめから子供なんかなかったと思ってるわ」二人は、抱き合って互いの体をさすりあっていた。悪夢を見ているようだった。順子は、老いた親を長い間放っておいた報いで、はじめからいなかった者にされただけでなく、実際に彼らの目にも映らなくなっているらしかった。今日の昼間、病院の待合室で診察の順番がくるのを待っていたら、「あの子は生意気で意地悪よ。人のものをとりあげたり、何でも自分の思うとおりにしないと気がすまない子なの」と、いう声が聞こえてきた。すぐ隣にいる母親が父親にいった言葉だった。順子は母親にそう思われていたことをその時初めて知った。「あの子は、弱いものをいじめる」と、母親がまたいった。母親と仲良くした記憶が順子にはない。理由はわからない。たくさんあった好き嫌いのひとつにすぎない。「女の子は男親のことだけが好きなの」母親がいった。父親には可愛がられた。父親が順子をかまうと、母親が順子をにらんだ。そうだったような気もするし、そうでなかったような気もする。

警察がきてくれることになったと父親に伝えて、順子は玄関の方へ歩きだした。すると、「逃げるのか」という父親の声が追ってきた。「外で警察を待つんです。このへんの地図はわかりにくいから」順子は自分のハンドバッグとコートを手にすると、小走りに外に出た。ドアは閉じたとたんに内側からロックされた。そのすばやさに順子があぜんとした思いでいると、そのドアがすぐに開いて、母親が顔をのぞかせた。「パパったら順ちゃんが外にいるのに鍵をかけちゃったの？」順子はとっさに母親の手をつかんで引っ張り出した。母親の体がすっかり外に出てしまうと、それを待っていたように、ドアが閉じられ、ロックされた。「あら、また鍵をかけちゃった。しょうがないわねえ」

母親は困るふうもなくそういってすました顔をしている。順子の頭の中に、父と母を引き離してやった、という子供じみた思いがふと浮かんだけれども、自分の考えではないような遠い感じがした。

順子は、土曜の夜をJ病院ですごした。駆けつけてきた担当の医師に粘り強く交渉して、父親を入院させる病院を紹介してもらい、日曜の朝早々に、タクシーで父親をその病院まで送り届けた。

家に戻ったのは日曜の昼すぎであった。家の門の前に母親が一人で順子の帰りを待っていた。

途中何度も電話をして母親の無事をたしかめ、一時間前にこれから帰ると電話でいってあった。そのたびに意外なほどしっかり応答していたのだが、母親は、順子の姿を見ると、立ち上がって、「困ったことが起きたの。パパがどこにもいないの」と、いってすがりついてきた。「さっき知らない女学生がきて、すごい剣幕で怒って、パパを連れていっちゃったみたいなの。とってもこわかった」

それは私です、という言葉が喉元まででかかったが、それを呑み込んで、順子は、優しい声で、「パパは入院したので、しばらくは帰れないと思うわ」といった。母親の顔が急にぱあっと明るくなった。

二人で家に戻ると、室内には明るい光がまぶしいほどに満ちていて、熱気がこもっていた。「お天気がいいと、何だか楽しいわね」と、母親が全身に光を浴びながらいって部屋の真ん中に立っている。七十八歳になっても母の体はむっちりとして肌もみずみずしく桃色に輝いているのだった。

母親は、ふと気がついたように上目づかいに順子を見て、「ねえ、これからは女二人で頑張って生きていきましょうね」といって、ほほえんだ。はじめて私をまともに見た、と順子は思った。

こころ

物心ついたころから私は母のことが苦手でした。母が私のことを好きじゃなかったからです。十六歳のとき、私はもうそれ以上母のそばにいたくなかったので、家を出ました。いまでいうフリーターになって、自活生活をはじめたのです。小説家になることを夢見ていたので、楽しかったです。

今思えば私も相当ばかな娘でしたね。母とうまくやれなくて逃げ出す娘なんて世の中に数限りなくいるのに。母親に好かれないのは自分の性格が悪いからだと考えてました。自虐ぶりはちょっと度が過ぎていたかもしれないです。

私は、血のつながった者の心というものがわからない。鈍感で思いやりがない。そうよく母にいわれてました。

他人となら楽しくつきあえるのに。

血縁者の前にいると、とても居心地が悪い。私の心がわからないの？　と詰め寄られるような圧力をいつも母の視線と態度に感じて。

心なんかわからない。

私は動物も苦手です。心が通じないから。こわいだけです。

たいていの動物は、他者に対して敏感に反応しますよね。一方的にですけど。

動物はとっさに他者が敵か味方か見分ける力を持っている。

大半の他者は、敵ですから。

私は、理解しあえない相手から、敵とみなされることをこわがっていたのだと思います。

敵とみなされたら、攻撃されるわけですから。

動物ってどうして身の危険をおかしてまでも敵を攻撃するんだろう？

血縁どうしも競争する。競うのが生物の永遠のテーマみたいです。弱い者を切り捨て、強い者を残すのは品種改良の原理ですからね。そのやり方で、生物は未来の繁栄をめざすんです。未来に夢を。そのかわり現在はがまん。生きるってそういうことなのかなと思う。弱い者まで全部守る力はどんな生き物にもない。全部が均等に強くなることもない。強弱があるのがいい。

戦うのが活力になる。

母はいつも私をばかにしてました。おとなしくて人のうしろに隠れてしまうような私が気に入らなかったのだと思います。私に、人に負けない強い人間になってほしかったのでしょう。私は、自分のことを、ごくふつうの人間だと思っています。

ただ、母との関係だけ、みょうにこじれてすさんでいる。そういう自覚があるのです。


八年前、母を老人施設に入居させたとき、私は母から、「私にも心はあるの。私の心のことはどうするの」と猛烈な抗議をされました。抗議されましたが、むりに入居してもらいました。いっしょに暮らす自信はありませんでした。

が、そのときの「私の心」という母の言葉がずっと私の心にひっかかっています。「それじゃ私の心のことはどうするの」と私も聞き返せばよかったかと考えてみたりもします。「あなたの心のことは私にはわからないのよ」と、私はつい乱暴な口調でいってしまったのです。そのお返しに、「そう、それじゃ、こどもはいないと思うことにするわ。悪いけどもうこれからは親でも子でもないから、そのつもりでいてね」と、いとも簡単に親子の縁を切られました。

私が大事なことを決意して母に親子の縁を切られたのはそれが二回目でした。一回目を母は忘れていたようですけれど。

私はこどものころから本を読みはじめると夢中になって、本のなかの世界に執着しました。現実の生活が二の次になり、母はそのことをとてもいやがって、私の読んでいる本を取り上げました。友達ができると、私は夢中になり、その人のことばかり思って暮らしました。母はその友達との交際を禁じ、芸能人を好きになるとそれを禁じ、私の好きになるものは片端から母の手で遠ざけられました。私の好きになるものは、どれも母の眼鏡にかなうものではなかった。私は趣味が悪く、品がなく、洋服一枚でさえ、自分で選べませんでした。

たぶん私は母その人に興味がなく母の考えや趣味に共感を覚えることがなかったので、そこのところが母の気に入らなかったのだと思います。六十二歳になってやっと気がついたのですけれどね。私の鈍感さも憎かったんだろうと思います。母がどんな人なのか、私はぜんぜん知らないのですもの。申し訳ないことでした。

で、私は、さっきも書きましたが、十六歳のとき、自分は小説家になるから家を出て自活すると宣言しました。そうしたら意外にも、母は、「それなら、親子の縁を切るから、やれるもんならやってみなさい。あんたは実際に痛い目をみないとわからない人なんだ。自分に才能があるなんて思わないでね。ひどい目にあえば目が覚めるでしょ」と、私をおとしめながらも、自由になることを許してくれたのです。

父がお金を渡してくれました。居所を知らせる約束のかわりに。

父も母も訪ねてきたことはありません。本当に変わった人たちです。

私は親に見捨てられたと思いました。でも母のそばから逃げだせることが嬉しかった。父が母を愛しているのは知ってました。父は私より母を選んだのだと思います。父は、母をとても大事にしてました。私は、父にどんな感情をもてばよいかわかりませんでした。

母にとっては予想外だったと思いますが、私はその後二十八歳のときに、小説家としてデビューしました。自分でも驚きました。作家生活は順調というわけにはいきませんでしたが、これまでに何とか、三十冊くらいの本を出版することができました。五十歳をすぎてからはほとんど書けなくなりましたが。でも充実した日々でした。小説家になるために生まれてきたような気さえしていました。

私が宣言通り小説家になったことについて、両親は何もいってきませんでしたが、私の出した本はみんな買ってくれていたようです。同じ本が三冊ずつ、合計で百冊近く、実家の書棚に押し込まれていたのを、あとで見つけました。

実家の敷居を再びまたいだのは、父が八十歳、母が七十八歳のときでした。私は五十四歳になっていました。三十八年間も実家に戻らなかったことになります。でも離れていたおかげで私たち親子は波風をたてないですむ関係でいられたのだと思います。年賀状のやりとりくらいはありましたし、たまには用事もできますからその際には電話をかけあったりしたことも何度かあります。その間たがいに健康だったといえます。戻ることになったのは、その健康が尽きたのがきっかけです。

母のアタマがおかしくなったといって父が私に救いを求める電話をかけてきました。

「まるで夢のなかにいるようで、もう、どうすればいいかわからないよ。おかあさんを助けてあげてよ」

力のない声でした。いよいよこの日が来た、と思いました。それなりの覚悟が一応は私の心の中にできていました。自分が先に死なない限り、いつかは来るはずの日でしたから。

でも、本当にいきなり来るものなんですね。変化って。親と離れる決意も。小説家と呼ばれるようになった瞬間も。結婚も。小説が書けなくなる瞬間も。親との再会も。そしてたぶん死も。一生を変える大事な瞬間なのに、ほとんど前触れもなく。

その瞬間が過ぎてしまえば、前からずっとそうだったみたいに、すぐに慣れてしまうのも驚きですが。

再会の瞬間のことをよく覚えています。母はピンク色のジャージの上下を着ていて、野生の肉食動物みたいな鋭い目で、突然現れた私をにらみつけました。

「あなた、よくここの家の場所がわかったわね。見つからないと思っていたのに」

ジャージはいつ洗濯したのかと思うほど汚れていました。

父は、そんな母を冷やかに横目で見て、その冷やかさを解かないままに、私を値踏みするような視線を送ってきました。

「ずいぶん遅かったんだね。もう来ないかと思っていたけど、一応は来たんだ」

二人は見る影もなく老い汚れていました。玄関を入る一瞬、甘い懐かしさを胸に感じた私は、たちまち打ちのめされ、挨拶の言葉を失いました。

「遅くなってごめんなさい」

私が彼らに向かって発した最初の言葉は、謝罪でした。


あとでわかりましたが、すでに二人とも認知症がかなり進んだ状態でした。

親子関係の修復については、早々とあきらめました。彼らの夫婦仲も、何だか大変なことになっていました。とても、私の心のことどころじゃなかった。

彼ら夫婦は、大正生まれの年代としては、非常にフレンドリーな夫婦だった、と思います。こどものころ、私は私の両親以上に仲のよい夫婦を見たことがないです。夫が妻をどなりつけるとか、妻が夫を罵るとか、文句ばかりいいあうとか、そういう場面は、私の家の中ではありえなかった。

しかし三十八年ぶりに見る老いた二人の間には険悪な空気が流れていました。私の記憶にある、ちょっと上品でちょっと知的で、ちょっと甘い、でも、節度のある優等生的な夫婦だった彼等は、年を経て、それを全部なくしていた。

私が見たことも聞いたこともないような顔つきと言葉づかいで、暮らしていたのです。母は、野生のサルみたいでした。父は、サル使いのようでした。

「皺くちゃババア、おとなしくそこにすわっていろ」

父が母に向けて短気に発したその一言の激しさは、私から気力を奪いました。母は耳が遠く、聞こえていないようでもありましたが、聞こえないふりをしていたようにも思えました。父を見ようとしませんでしたから。

ああ、でもそういった種々の些事は、この際全部省きたいと思います。彼等の異様な言動の大半は、病気の故です。

受けた人間教育のすべてを捨てて素の人間に戻ったような彼ら。彼らの、これまでとりつくろっていたものがはがれて、隠されていた本性のようなものが、火山の噴火みたいに、外に吹き出した。心が爆発した。素の声や表情や行動が、降りしきる噴煙のように、私に注がれました。

二人が元気だったころ、彼らがそれぞれに口にした、夫婦関係に関する言葉があります。私一人だけが聞いた秘密の言葉です。

母は、父のことが好きじゃなかった。

「あたしは本当はもっと悪い男が好みなの。パパは男としては少し線が細すぎるわね。まじめすぎて面白くない」

私が家を出ることを本気で考えはじめたころのことです。何かを感じ取ったのでしょうか。母とはふだんはほとんど立ち入った話はしないのに、いきなりそんなことをいわれて、びっくりしました。同じ日に、父からも言葉をもらいました。母の言葉から一時間後くらいに。

「ボクはおかあさんのことが好きなんだ。ボクには陰日向なくよくしてくれる。死ぬまでいっしょにいるつもりだよ」

その言葉が私の原母像、原父像です。

三十八年後、二人の言葉を違う形で受け取り直すことになりました。私は実家で二人の介護をする生活に入らざるをえなかったのですが、いつまで続くと思えた先の見えないトンネルは、父が肺炎で急死したので、案外短く二カ月でおわりました。父が死ぬと私はすぐに母を施設に預けてしまいました。

短い介護生活でした。父も母も、まもなく慣れて私を娘として扱ってくれるようになりましたが、ときどきは本当に娘なのかと疑っているような気配もありました。

でも終始、私は彼らにとって邪魔だったみたいです。通院とか何かの事務手続とか買い物とか、必要な用事をする間だけ私はチヤホヤされ客扱いされましたが、それがすむと、もう邪魔者扱いです。早く帰れよ、といわれたりします。

でも、私が役にたっている間、父は私の機嫌をとるように話しかけてくることもあった。とくに混雑する大学病院で血管や前立腺の診察を待つ間、私はなくてはならぬ付き添いでした。

「おかあさんはねえ、昔はいい人だったんだよ。でもとうとう壊れちゃった。今ではあいつは大馬鹿者だ。いちばん気に入らないのは、うろちょろと動き回ることだ」

母はときどき父をおそれて外に逃げ出そうとします。それが気に入らない。

母も、四六時中私を拒絶していたわけではなかった。父の姿が見えないとき、あるいは父の目を盗んで、ふと私にすり寄ってきて、何かささやくことがあった。そんなときは童女のように愛らしい表情と仕種をすることができる人でした。

「ねえ。パパがかわいそうだから、なるべくがまんして、あいそをつかさないであげてね。私が、寿命まで生きたら、最後にパパもいっしょに連れてゆくから。パパが残ったらあなたが大変でしょう？」

認知症っていったい、何なんでしょう。母も父もすごくまじめに生きてる。

でも二人とも、芝居をしている。よくわからないけど、二人とも本気じゃない。そういっておかなければばって感じ。私に訴えているふうでもない。自分の心にいいきかせているみたいです。二人はもう愛し合っていない。私というこどものことも、もう興味がなくてどうでもいいようです。

二人とも、もとのちゃんとした自分に戻りたいだけなんじゃないかな。

こんなの、おかしすぎる。変すぎる。

父の記憶は完璧です。でも現実と妄想の区別がつかない。母の記憶は、時間の関係がばらばらです。いつの時代に突然飛んでいってしまうのか、いそがしく別の時間をいったりきたりしている。そして過ぎたことは過ぎた途端に忘れる。でもどの瞬間でも母の判断と意見は正しい。別の時間をつなげて判断するので、つじつまはあいません。

二人は異変に困惑しながら、激しく自己防衛の戦いを続けてました。二人で助けあったり足をひっぱりあったりしてました。

老夫婦というより、中年のホームレスの男女が生きるために同棲している、といった印象でしたね。べたべた睦み合うか、無表情にじっと向かいあっているか。何しろ互いに相手を見る視線の熱さと冷たさの差が極端で。そばで二人を見ている私のことは完全に無視です。

昔私が本の世界に夢中になっていたとき、遠くから睨んでいる母の視線を無視したのは、こういうことかも、と思いました。
それでも二ヵ月同居する間に私は彼等の姿を見慣れ、この二人から自分は生まれてきたのだと素直に実感するようになりました。相手を好きなのか嫌いなのかなんて、肉親の場合は関係ないんですね。どうせいっしょに暮らすしかないんだから。時と場合によって好きに感じたり嫌いに感じたりするのは、しようがない。

順番待ちしていた特別養護老人ホームに席が空いたので、明日、母を移します。私のことは、自分の娘と同じ名前の別人で用事をしてくれる人、という実に微妙な役割を与えてくれて、二人の関係は、そういうことになっています。娘を一人生んだことがあるとか、生んだことがないとか、こどもについての記憶はずっと不安定なままです。父のことを母が私にたずねたことは一度もありません。父の死は、母の脳にしっかり刻みつけられて消えないようです。

朝寝坊

急行の止まらない駅なので、駅前は相変わらず閑散としている。バスの発着所が広場の大半をしめており、そのまわりを囲む建物はどれも低く、小さく、コンビニ、銀行、薬局、不動産屋などが、いつまでも真新しいままの感じで、疎らに建つばかりだ。広い空地が目立つ。来るたびに、順子が思わず呆然として足をとめてしまうほど、さびしい感じの駅前だった。順子はコーヒーでも飲んで一息いれたい気分だったので、あたりを見回したが、そういう店はやはりどこにも見当たらなかった。一年ぶりに来たので、少しは期待していたのだが、何度見ても慣れることのない、徹底した殺風景さは、はじめてここに来た七年前から、少しも変わらない。

順子は軽くため息をつくと、あきらめて、むやみに広く見える道を歩きはじめた。遠くを歩く人はいても、近くに人がいない。

起伏の多い土地で、建物も森陰も、みな、遠くに見える。一番高い場所に駅があり、そこからどこに向かう道も、ゆるやかに下ってゆく。見晴らしだけはいい。空は澄みきって青く、植物のにおいを濃くふくんだ風が四方から吹き上がってきて、順子を包むように軽く渦まいている。

遠くに見える白い壁の巨大な四角いビルは総合病院で、そのすぐ手前にあるやや小振りなピンクのビルは、リハビリ専門病院と特別養護老人ホームを兼ねた施設だ。白とピンクのふたつのビルが、小高い山を背に、前面には広い草原を抱いて、そびえ建っている。

順子はそちらに向かって坂を下ってゆく。目印ははっきりしているし、迷いようのない一本道だ。

白壁の総合病院には順子の父親が生前何度か救急車で運ばれたことがある。というより、父親と母親、二人同時に、認知症の診断を下された病院だ。あれから七年たつ。診断後一週間で父親は肺炎を起こして急死した。

ピンクの病院には、現在も母が時々リハビリに通っている。数年前に転んだときの足と腰の痛みがなかなかとれない。母親を預けている施設のスタッフが連れていってくれるが、以前に二度ほど、順子も頼まれて連れていったことがある。

「リハビリなんて腰をあたためるだけで何もしないよ」

そういって行きたがらないのを、なだめなだめ連れていった。あたためるのが治療なのだが、どちらかといえば歩くのを嫌う母親を、せめて散歩がわりに連れ出すことの方が、施設側の本当のねらいのようだった。順子が連れていったときも、途中でわけもなく怒りだすので辟易した。何かをやらせようとすること自体が母親の意に添わないらしく癇癪のタネになった。

白とピンクの病院の前庭のような野原の真ん中に、屋根を緑色一色に塗った平たい建物が見えてくる。緑の屋根に白い壁の平屋で、そこで順子の母親は介護を受けながら暮らしている。

平坦な土地に静かに建っているその建物が、順子には、谷底に張りついた隠れ家のように見える。緑のなかに緑の屋根という色の組み合わせと、まわりの土地が一段高いせいなのだろうが、「こんな牢屋みたいなところに人を入れて」と、一度だけ呟かれたことのある母の刺のある声が、そこから響いてきそうな気がして、緊張する。

まるで城のように見える巨大な総合病院の小さな窓からも、父親の大きな目が順子を見つけて睨んでいるような気がする。

順子は、目を伏せ、少しうなだれて、重い足をゆっくり前に進めてゆく。

母のいる緑の屋根の家は、おもちゃの家のように明るい外見なのに、しんと静まり返って、少しものどかな感じがしない。こういうところからはいつも笑い声が聞こえていなければいけない、と順子はいつも思う。商店街の客引きのように、内側の笑い声をスピーカーでたえず外に流すようにできないものか、と思う。

白いドアの前で順子は少しの間、じっと耳をすます。何も聞こえてこない。息を吸って、チャイムのボタンに指をのばす。

六時四十五分。順子は、その朝もいつもと同じく、けたたましい目覚ましの音に起こされた。古くなってアラームの音量の調節ができなくなってしまった代物だが、このところめっきり耳が遠くなった順子は、案外ほどよく驚かされることができて、買い替えずに使い続けている。といっても、先に目を覚ますのは、隣で寝ている夫である。まだ聴力の正常な夫は時々思い出したように、すごい音だね、と苦笑するが、文句もいわずに、毎朝、目覚ましを止め、同じ手をテレビのリモコンに伸ばしてスイッチを入れる。

画面が映るとその光で室内がふわっと明るくなる。声が聞こえてくると、順子の意識がやっと現実味を帯びてくる。

順子は朝が苦手である。子供のころからそうなのだが、六十二歳になった今でも慣れることなく、朝、起きるのがつらい。夜中に尿意で自然に目が覚めれば平気でトイレに立つのに、朝は、どうしても一気に起きるということができない。

寝床のなかで、時間をかけてゆっくり体を動かし、血の巡りをよくしてから、そっと起きる。仰向けの状態で両脚をまっすぐ伸ばし、踵から指先を直角に立てて、一分保つ。そうするとホルモンが出る、筋肉を縮めるとホルモンが出やすくなるのだと、十年ほど前、順子がめまいに苦しんでいた頃、開業医をしている義父に教わった。

続いて、膝をたてては落とす動作を七回ずつ繰り返す。片足ずつやって、両足揃えてやって。片膝ずつ胸に抱き寄せ、両膝を抱え、と、ほかにもいろいろやっているうちに、頭の芯も体の筋もほぐれてきて、少しずつ気力のようなものがわいてくる。霧のようにばらばらで頼りなかった体が、だんだんに固まって形が定まってくるような感じ。その間も、枕元のテレビからは、舌足らずの若い女の声が流れていて、順子の耳はずっとそれを聞いている。いまどきの若者向けのファッションやスイーツの流行を次々と紹介する甘い声は、少しくどくて耳障りだが、若い女のにぎやかな声は、順子の気分を明るくさせる。せっかく同じ時代に暮らしているのだから、知り合いになる機会はなくても、若者たちの口調や流行を知るのは、自分が若者になったようで、楽しい。ただ、画面に映る少女の笑顔を見ると、この年頃の娘ってこんなにかわいいんだ、と決まって自分とは違う生き物のように思う。

占いのコーナーがはじまりそうになると、順子は運動を中止して、夫を呼ぶ。

先に起きだした夫は、隣のリビングルームで、毎朝の大事な日課である血糖値測定の準備をしている。準備しておいて、寝室に戻って今日の占いを見てから、またリビングルームに一人で戻って、手の指先に針をさして、小さな血の玉をつくって、測定するのである。それが終わるまで順子は寝室で待っている。測定結果をあとで夫にたずねるまでが、順子にとっては、今日一日分の占いに含まれる。

幸いに、このところの数値は安定している。

順子の体調も悪くはない。右足が全体に固くて膝に鈍い痛みはあるが、こんなものだろう。軽い吐き気と耳鳴りは、体の一部のようになっている。それほどは気にならない。

二人並んでテレビに向かい、今日の運勢を真剣に見る。一分間で十二の星座をやるから、真剣に見ないと、見損なってしまうのである。

お。

夫が小さく声をあげる。夫の山羊座が今日の一位である。

あら。いいわね。

順子も、明るい声をだす。とりあえず今日一日機嫌よくすごせる理由が少なくともひとつはできたのである。順子は、画面に現れた文字を読みあげてゆく。

「特別の魅力があふれて人気者になる、ですって。特別の魅力って何だろうね。ラッキーポイント、自分の名前をさかさまによむ。そのくらいなら、簡単じゃない。ラクでいいわね」

自分はどうなんだろう。今日の運勢がいいと助かる。もっとも、運勢だけがよくても、今日これから、現実に、いいことが待っているわけではないから……。占いなんて冗談のようなものだけど、でも、冗談は生活の大事な潤いになる。

画面が変わる。二位から五位までのラッキーグループの運勢が映しだされて、その一番下の五位に順子の蠍座があった。

「五位じゃん。まあまあだよ」

自分が一位になった余裕で夫が愛想のよい声をかけてきた。順子は、文面を読みあげる。

「蠍座。好きな人に告白のチャンス到来。ラッキーポイント、木の葉を一枚サイフに入れておく」

え？

順子は、思わず、隣の夫に目をやる。夫も順子を見ていた。夫はどんな言葉でこの場を切り抜けようかという表情を浮かべている。

「あとで行きがけにどこかで葉っぱを一枚拾ってサイフに入れておくんだね。午後から出かけるんだろう？」

そういって夫はさっさとリビングルームに戻っていった。夫なりに今日の順子の外出のことを気にかけているのがわかる。

「落ち葉でもいいのかしらねえ」

順子は大きな声をリビングルームに投げる。

返事はなく、笑い声だけが返ってきた。順子は妻として、夫にあまり心配をかけてはならないと常日頃から思っていて、あまり感情を外に出さないように気をつけている。日々のストレスは日々の夫の血糖値の数字を悪化させる。順子の機嫌がよくないだけでも、夫の数字にてきめんに影響が出る。

そのあたりの因果関係が、明確でありすぎるので、順子は、長い結婚生活の間に、ずいぶん演技力を身につけた。

いやなことはなるべく気にしないで忘れてしまう。体調が少しくらい悪くても、気にしない。夫の言動に興味を持つ。はしゃぎすぎない。落ち込まない。

おだやかに。ほどよく理知的に。元気に。ていねいに。親切に。あるときは冷淡に。夫婦仲良く。

そのあたりのこつをつかんでいれば、あとは食事と運動で、夫はかなりの確率で健康を保つことができる。

けれども、順子はたまに病気をする。入院したり手術したり。順子の病気だって、夫の病気がストレスになっているかもしれないのだが、そんなことは間違っても口にしない。

順子が病気のとき、夫はみょうに上手に順子を看病する。夫の父親と弟が医者で母親が看護師というのも、うなずける。生と死に関して、過度な期待も絶望もしない。治療といってもできることは少ない。そういう考え方をする夫に対し、順子は、将来のことはわからない、と単純にあきらめている。

希望したり予定したりしたとおりにことが運んだためしがないからである。たいていの病気は治る。治らない病気にかかっても、上手にやれば長生きできる。そうじゃない場合になったら、あきらめるしかない。

九時をすぎると夫はいつものように出かけていった。徒歩で二十分ほどのところに友人と共同で事務所を借りていて、夕方までそこですごす日々を送っている。以前は頼まれて取材記事を書いたり校正をやったり忙しがっていた時期もあったが、数年前からは、趣味の調べごとをしたりそれについての文章を書いたりすることを続けているらしい。文学作品のなかの、明りについて書かれている文章を作家ごとに読みくらべるとたいそう面白いのだそうである。日曜の午前中と、火曜の午後と、水曜の夜は、それぞれちがう友人と卓球の練習をしにゆく。そして土曜だけは、まる一日、外出したり買い物をしたりテレビを見たりして、妻といっしょに過ごすというスケジュールにしてあるらしい。

順子の夫は、体調管理も精神のケアも自分でやる、病人の鑑のような男である。占いにあった、夫の「特別な魅力」のことを、順子は一人になったあとで、ゆっくりと家事をかたづけながら考えていた。

順子が夫から聞いて印象に残っている言葉が三つある。一つは、子供のとき、両親が離婚して母子家庭になったから、片親だからぐれたといわれたらくやしいから、ぐれるのはやめよう、いい子でいよう、と決めた、という話。二つめは、自分が結婚したら離婚はしないと決めた、という話。三つめは、病気だから楽しく生きるのさ、という言葉。三つとも、結婚して何年もたってから聞いた話だ。

子供の鑑。夫の鑑。病人の鑑。三つの鑑をもっている相手とうまくやってゆけないようでは、自分は人間として失格だろう、と順子は内心で思っている。そして自分はもともと失格人間だという自覚がある。

順子自身は、夫婦仲のよい両親に育てられた。だが親のそばにいるのがずっと気づまりで、十代で家を飛び出し、以後長く絶縁状態を続けた。どこがどうと、うまくいえないが、磁石のN極とS極のように、そばに寄ろうとすると跳ね返される感じがあった。自分が跳ね返すより先に向こうから跳ね返されたような気がするが、それはまだ誰にもいったことがない。ただの親不孝もの、で構わない。実際、そうだったのだろうし。

そんな屈折をバネにして陰気な文章を書き続けるうち、三十歳を過ぎたころ、順子は売れない小説家になっていた。

スポーツ雑誌の記者をしていた夫が、行きつけの書店で、背表紙に順子の名が印刷された本を見つけて、連絡をとってきた。夫は順子の出身高校の一学年上級生だった。

順子はその高校を二年のときに中退していて、夫はそれも覚えていた。

「あのさびしそうにしていた子が学校をやめたと聞いて、気になっていたんだよ。口をきいたことがない子だって、急にいなくなったら心配するよ。本屋で名前を見たとき、すぐあの子だと思った」

十六歳と十七歳だった二人が二十九歳と三十歳で再会し、三十八歳と三十九歳で結婚した。現在は六十二歳と六十三歳だから、二十三年間、離婚の危機を一度も経験することなく、無事に結婚生活が続いている。

生活の方針をたてることなどしなかったが、夫は、最初に一言だけ、子供はいらない、と順子にいった。よかった、と順子は安堵して頷いた。

夫は、親の鑑にだけはなる気がなかったようだ。順子も、親になりたいと思わなかった。一度も。

ふたりとも、互いの親に神妙な態度で挨拶だけはした。たまには会いにゆくこともあった。なぜか、両方の親とも、子供をつくれとは一言もいわなかった。両方の親といっても、夫の親は別れているので、三カ所だった。

順子が小説を書くような女で、年も年だったこともあるが、離婚をした親は、孫がほしいとは口にしにくいかもしれなかった。順子の父親は、夫が席をたって順子が一人でいるときに、子供なんかつくらないほうがいいよ、と囁くようにいい、母親が、親なんてつまらないだけよ、とかぶせていったので、順子はびっくりして、何もいい返せなかった。

実の親にそういわれたことを順子は夫に伝えなかった。夫が、子供はいらない、といったその意味と、順子の親が、子供なんかつくるな、といったことの意味は、まるで違う。

子供はいらないという人間から生まれた子供は、みんな、子供はいらないと思う大人に育つのだろうか？

夫の子供なら、だいじょうぶ、と思えるが、自分の子だと、ちゃんとした大人に育つのはちょっと無理ではないか、と順子は何となく思う。

間違って子供ができていたら、どうだったのだろうと、ふと思うこともあるようになったのは、子供のできる心配のなくなった年になってからだった。

子供がほしいと夫に思わせるほどには、夫の心の氷を溶かすことはできなかった、と、順子は少しさびしく感じることもある。


午後一時きっかりに家を出た。駅に向かう前に、振り返って、めっきり高さを増してきたスカイツリーの威容を見上げた。東京タワーを超えて日本一の高さに達したといわれて騒がれるようになってからさらにまた一五〇メートルほども背を伸ばしている。五一一メートルあるそうだ。あと一〇〇メートル以上も伸びて完成する。順子の住むマンションから散歩の足どりで四十分の距離にある。あまりにも周囲の高さとケタが違うので、倒れてきたらこのマンションまで届いてつぶされそうな圧迫感がある。実際は直線で三キロほど離れているから心配はいらないが、しかし、展望台の完成後は、ぐっと重量感と現実感が増して、その存在を重く感じるようになった。

もし、元気なら、スカイツリーの出現はかっこうの話題になるんだけど。あの人は新し物好きだったから。

順子はこれから会いにゆく母親の元気だったころの、何かを喜ぶときの晴々した笑顔を思い出してそんなことを思った。そしてスカイツリーに背を向けて、駅に向かった。

順子は、薄手の紺のタートルネックのセーターにねずみ色のカーディガンを羽織り、同色のスラックスをはいている。バッグは似た色のオストリッチを持っているので、それにしたかったのだが、やめて、布製の黒いトートバッグにした。大きいから何でも入るし、目立たないからだ。服装選びに手間取ったのと、食欲もなかったので、昼食をとっていなかった。どこかで食べなければならないが、とにかくまず近くまで行ってしまおうと思った。そうでないと、行くのをやめてしまいそうなので。

十五分かけて地下鉄の駅まで歩き、そこからJRの乗り入れ駅まで行って、さらにJRの急行で二十分、混んでいたので立ちっ放しになった。K駅でいったん降りて、しばらくホームのベンチで待ち、各駅停車に乗り換え、二駅先のA駅にようやく到着した。各駅電車ではすわったが、疲れた。

二時四十分。どこかで休みたかった。

「好きな人に告白のチャンス。木の葉を一枚サイフに入れておくって、何のことやら」

途中、順子は今朝の占いの言葉を、何度か口のなかで呟いた。現実感も中身も意味もないそんなくだらない言葉は、すぐに忘れてしまいそうになるのだった。

昔の恋めいた経験から告白場面を思い出そうとしてみたが、まったく浮かばなかった。夫とは、告白などお互いにしないうちにいっしょに暮らすようになっていた。それより前にも、つまり夫以外の男と、告白したりされたりの経験がまるでなかった。そういうことになる、と改めて気がついて、自分でも驚いていた。

ふと、いつか聞いた母親の言葉が耳に蘇ってきた。

「恋愛結婚だったのよ。私はタイピストをしていたの。研究室に目の大きな変な人がいるというので、みんなで面白がって見にいったの。そのときはまさか結婚するとは思わなかったけど。人間って、どうなるかわからないわね」

けれどその母親は、ちょうど今の順子と同じ年頃になったとき、まだ結婚前だった順子に、こういったこともある。

「私は本当はもっとワイルドな男の人が好きなの。でも、戦争で、ほかに男の人がいなかったでしょ。残っているのは、ひ弱な男ばかりだったから。下に妹が何人もいたし、早く結婚しなくちゃと焦っていたからね」

あまり娘に本音をもらすような母親ではなかったのに、あのときだけは、みょうになれなれしい感じで、寄ってきて、秘密を打ち明けるように、いったのだった。

あれは、母親がうっかりと娘の前で心を開いてしまった、貴重な一瞬だったのかもしれない。母親は、元来人前で心を開いたり気を許したりすると、ひどく下品な感じになる、と順子は思っている。自分を隠して、とりつくろって、妻や主婦や母親を演じてきた人のような気がする。

自分も似たようなものだけれども。

順子は長い間自分なりに考えてきて、そう思うようになった。

順子は、無口だった。人に心の秘密を明かすかわりに、小説に書いてきた。もともとは話し好きだったのかもしれないが、母親の前で口を閉ざすようになって、話すこと自体が苦手になっていった。

母親は話し好きだった。一人で喋っていた。

両親は夫婦仲がよく、まじめな働き者だった。近所の評判も悪くなかったと思う。順子の担任教師や学校友達は、優しそうで可愛らしいお母さん、まじめそうで頭のよさそうなお父さん、とほめていた。順子は出来の悪い娘だったのだ。

もし順子が朝のテレビに映っていたような可愛らしい娘だったら、母親はさぞ満足したことだろう。

今、自分が大好きな母親に会いにゆくところなら、さぞ胸がわくわくしていることだろう。顔をみるのもいやだと思うほど憎んでいるなら、最初から会いに行かないだろう。

順子は、扉の前に立ち、ひどく窮屈で重苦しい気分で、チャイムを鳴らした。

胸がどきどきする。

少しして、バタバタと人の走る気配があって、ハイ、とインターフォンに人の声が流れた。

母の名字を名乗り、娘です、というと、ロックが外されて、ドアが開いた。

「いらっしゃい。どうぞ」

明るい笑みを満面にたたえたエプロン姿の若い女性スタッフが、愛想のよい声で迎え入れた。

「今、皆でお茶をしてますけど、お母様はお部屋にいますよ」

順子の知らない顔だった。順子がスリッパにはきかえ、自分の脱いだ靴を母親の名の書かれた靴入れにしまうまで、そばに立って待っていた。

「部屋に行ってみます」

「そうですか。あとでお茶をお持ちします。ごゆっくり」

順子がゆっくり歩きだすと、少し笑みの薄まった顔で短くそういって、またバタバタと走って行ってしまった。

建物の内部はどこも白く、所々ピンクや黄の柔らかい色がアクセントに使われている。まっすぐふとい廊下が走り、片側に個室が九つ、反対側にリビング、キッチン、トイレが並ぶ。リビングに人が集まっている。女のいったように三時のお茶の時間なのだ。

順子の母親は、入所当初から団体行動を嫌って、自室で一人でお茶をするのもしばしばであった。

廊下の突き当たりから中庭の芝生と干された洗濯物の群が見える。母親の部屋は一番奥にあって、中庭への出口に向かいあっている。ドアは閉じられていた。

鍵はかけられていないから、小さくノックしてノブを回す。耳の遠い母親にノックは聞こえるはずもない。ドアの隙間に体を入れながら順子は心を閉ざす。

カーテンで窓がおおわれ、薄暗いなかで母親は眠っていた。顔は夜具のなかに埋められている。夜具の盛り上がった形だけがぼんやりと見える。順子もふとんにもぐって眠る。変なところばかり似ている。

母親は身動きひとつしない。

順子の背後に人の気配がたった。

「お茶をどうぞ。お母様の分も持ってきました。ここでご一緒に召し上がって下さい。ちょっと暗いですね。明るくしましょうね」

先程の若いスタッフが茶碗と菓子ののった盆を持って入ってきた。そういうとすっと身軽にしゃがんでその盆を床におき、カーテンを開けに行く。

室内に光が満ちると、夜具の固まりがもぞもぞ動きはじめた。首が出て、まぶしそうに目を細める。順子と目があった。

順子は身構えたが、飛んでくる言葉はなかった。視線も焦点があわず、力なく外された。

「娘さんが来ていますよ。よかったわね。水入らずでなかよくお茶してね」

スタッフの女性は、出てゆき、二人だけが残された。明るい部屋は殺風景で、ベッドと椅子と小机があるばかりである。小机には父親の写真と花立てが並んでいるが、写真は裏返してあり、花立てにはまだみずみずしさの残る野草が数本差してあった。その下になぜか枯れ葉が一枚置いてあった。木の葉だ、と順子はとっさに思った。だが触る気にはならなかった。

お母さんって何座だっけ。今日のお母さんの運勢って、何だったんだろう。

そんなことを考えていた。誕生日は二月十五日だが、星座は知らなかった。その程度の知識と興味でしかなかった。

母親はふとんから顔だけ出して、何もいわずに順子を眺めていた。一年ほど前から、急に衰えがひどくなって、歩かず、喋らず、動かず、という状態が続くようになった、という連絡を毎月受け取っている。熱を出したり、腹痛を起こしたり、転んだり、トイレと食事が人任せになったり、という急な変化の期間は、なぜか、順子が卵巣癌で闘病生活を余儀なくされていた期間とほぼ重なっていた。

夫と施設側の配慮でそのことはお互いに知らされることなく、母親のための月々の支払いも連絡も夫が代行してくれていた。その間約一年の夫の血糖値の数字は、目をおおいたくなるほど悪かったが、そのことで夫から文句をいわれたことは一度もなかった。

「もう、話が通じるような状態ではないらしいけど、そろそろ今のうちに、一度、会っておいたほうがいいんじゃないかな。顔を見て、帰ってくるだけでもいいから」

夫の数値がようやく回復の兆しを見せはじめたころ、夫がそういいだした。そういわれるまで、順子は、母親のことをほとんど忘れていた。

話が通じないというのが本当なら、会って、いってみたかった言葉がある。

「お母さん」

順子は用心深く呼びかけた。反応はなかった。聞こえないのかもしれないと思ったが、大きな声を出したくなかったので、繰り返すことはしなかった。

母親と何を話せばよいのかわからないままに育ってきたから、用事があるとき以外に自分のほうから彼女に話しかけるということはほとんどなかった。

「元気そうに見えるけど、具合はいかが」

聞こえていてもいなくてもよいから、そういってみた。

かつて母親だった人が、光のないぼんやりした目で順子のほうを見ていた。

「私、本当は、お母さんのこと、好きでしたよ」

その目をじっと見返しながら、自分にも聞こえないような小さな声で呟いていた。心臓がどくんと高い音をたてた。

気がつくといつの間にか母親の目は閉じられ、寝息をたてていた。順子は寝顔を見ていた。眠りが深くなってゆくせいなのか、やつれて醜かった顔に、だんだん赤みがさして、しわものびて、くもりのない穏やかな表情になっていった。

ふいに背中で声がした。

「いつもこんなふう。昼間はほとんど眠っています」

振り返ると顔に見覚えのある、女性スタッフがいた。

「夜は時々起きて、朝まで私と喋っていたりします。たまにびっくりするほどの素早い動きで、窓をあけて、よじのぼって、飛び下りたりしますよ。昼間は歩けないんです。散歩も車椅子で行きます。今朝の散歩のときには、気持ちいいって連発してました」

順子と似たような年配の古参のスタッフで、何度か言葉をかわしたことがある。たぶん、チーフスタッフである。一年以上も来なかったので、何か非難めいた言葉を投げかけられるかと体を固くしたが、相手は急にくすくす笑いだしながら、

「面白いんですよねえ。夜中じゅう話しているときに、あたしが、何かほしいものはありますかって聞くと、ものは要らないの、ほしいのは自由だけよって、いうんです。自由になったら家に戻って、主婦として、また家じゅうのものを引っ張りまわしてやりたいのって、いってましたよ。それから、一度ゆっくり朝寝坊をしてみたいんですって。それが夢なんですって」

といった。

「そうですか」

「抜群に頭の働く人ですよね。相手をやりこめるときの言葉なんか、泣きたくなるくらいきつい。でも、見て。このかわいい寝顔。寝顔と、それから、無邪気に笑うときの笑顔には、本当に心をいやされる」

その介護施設は、母親が入所する一カ月前に創設されたもので、介護制度そのものが新しかったために、オープンからの七年間に、運営方針やサービス内容が変化し続け、チーフスタッフも四、五代替わっている。

また新たにシステムが大きく変わるので、その説明をするから一度足を運んでほしいという

通知を受け取り、夫にも促されて、順子は今日出かけて来たのだ。

彼女は、数枚の書類を順子に手渡して、地域の病院との協力体制がとれてきたので、今後必要になる医療についても安心していただきたい、といった。細かいことはそこに書いてあるので、目を通して納得したらサインをいただきたい、といわれ、順子はいわれたとおりその場で内容を読み、彼女に渡されたボールペンでサインをした。用事はそれですんだ。

ここに来なかった一年の間に、以前はいなかった看護師とケアマネージャーが所属するようになっていた。入所者が病気になったときの通院や、日用品の買い物などは、多少の費用を負担すれば施設のスタッフが代行してくれるようにもなった。

以前はしばしば、夕方から夜にかけて、機嫌を悪くした母親をなだめてほしいという電話が施設からかかってきたものだが、そういうこともなくなった。病気療養中だから遠慮してくれたのかと思っていたが、それればかりでもないらしかった。

前ほど大騒ぎしなくなった印象がある。発熱や脱走徘徊の報告を定期的にしてくるだけになった。転んで救急搬送されたときは、さすがに電話があったが、来いとはいわなかった。

「だいじょうぶでしょう。面白いことは何もないけど、こんなもんでしょ、とご本人がよくいってますから。一度寝てしまうとなかなか起きませんから、お帰りになります？　起きたころにはお風呂の時間ですし。お風呂に入るとご機嫌なんですよ」

もはや順子より母親の家族らしい言葉づかいと態度の彼女に玄関まで見送られて、三時十五分に、順子は、施設を辞去した。

深く息を吸い込むと、少し遠回りをする気になって、総合病院の方向に足を延ばした。病院の前に、一際目立つ大きな銀杏の木が見えたので、あそこで落ち葉を一枚拾おうと思った。歩きながらこの前来たときのことを思い出していた。たった一年で事情がまったく変わった。順子自身も病気の兆候がすでに出ていて、体調は最悪、母親の方も、まだ順子を見分けて、自宅へ連れて帰ってくれない実の娘を罵っていた。月に一度義務的に見舞っていたのだが、毎回、母親は、突然怒り出し、気まずくなって順子が退散するという繰り返しだった。毎回のように、

「連れ戻してくれないなら、親子の縁を切りましょう。もう親でも子でもないから、二度と来ないで」

と、いわれたのだ。

何だか眠かった。早く家に帰って横になって眠りたいと思いながら、順子は、銀杏の木の前にたどりつき、腰をかがめた。黄色い扇形の葉を一枚拾い上げるとき、指先が湿っぽかった。その葉をていねいに札入れにしまうときには、今日死ぬ人の運勢って、どんなふうなんだろう？　という疑問がわいたが、木を見上げるとよく晴れていい天気だったので、すぐ忘れた。

雨傘

私は、五、六歳のころにはすでに小説家になりたいと願っていた。小学校にあがる前、字もろくに読めないうちだった。後々考えても、才能がとぼしいわりに芽生えは早かった。字で考えることが好きだったようだ。頭の中のことを紙に字で書くと、何だかひどく満足した。

現実ではかなわない夢や願いが、頭の中や紙の上では、実現しそうに思えた。

小説家という存在をいつどんなふうに知ったのか、覚えてはいないが、身の回りにたくさんある本の中から、小説という種類を自ら選んだことは間違いない。

隠れて読み、どんな本を読んでいるかも人に知られまいとしていた覚えがある。本を読むことははずかしいことだと、思っていた。手あたり次第に読み書きするうち、おぼろげに、自分が心ひかれる二筋の小説の形が見えてきた。

ひとつは、活発な冒険の物語。なにものもおそれぬ若い主人公が世界をめぐりつつ難問を解決する。子供らしい素直な夢といえる。それが小説の王道と思っていたふしもある。本を読まなければ知らなかった世界。すべての世界を知りたいと思い、知るためにたくさんの本を読みたいと心おどらせた源。

問題はもうひとつの方だ。どこにもゆかず誰ともつきあわない主人公が、一人密室にこもって思索にふける。子供のくせに、何より、考えることがいちばん価値あることだと、感じていた。

深く考える能力など、持ち合わせてもいないのに。だから、憧れ、なのか。

行動力の持ち合わせもない。だから、世界冒険物語、なのか。

そんな流れに乗って青春時代を過ごし、結果、小説を書きはじめたのが、案外遅くて、二十代後半。

進学し、就職し、親からも独立してごく生真面目に暮らしたが、人と馴染むことが少なかった。

書く小説の内容は、当然ながら、閉じこもる方に偏っていた。相変わらず海外と冒険には憧れていたが、飛行機に乗るのが怖く、船に乗ると船酔いがひどく、スピードのあるものが苦手で、車の免許にもチャレンジせず、国内から出たことがないまま、成人した。

というわけで、いちばん最初に胸に抱いた、小説家になりたいという夢が、そっくりそのまま持ち越され、驚いたことにそれが、二十八歳のとき実現した。まさかかなうとは思っていなかった。

はじめて最後まで書き終えることができた短い小説だった。完成させたのが嬉しくて、ある雑誌の新人賞に応募した。それが最終選考の四作のうちに残った。賞は逸したが、多少は気に入られたらしく、その雑誌に後々書く場所を提供された。地味な執筆生活がずるずると始まり、続いた。

書くことが、私だけの個人的な秘密の趣味ではなくなった。氏名と作品が活字になることで、職業として公認された。

夢はかなったが、実感はともなわない。書く自由は与えられたが、書く能力は増えない。面白く書く能力はもともとない。たくさん書く能力も持ち合わせない。もちろん売れなかった。だが、わずかながら応援してくれる人もいて、その後二十年間、ほぼ途切れずに作品を発表し続けることができたのは、奇跡に近い。本も三十余冊が出版された。時代がよかった。本が売れる時代の波がきて、私はその波にタイミングよく乗せられたのだと思う。

職業作家でいられることが当時は嬉しく、生まれてきてよかったと心の底から思いながら、夢中で書いた。よかった、と今でも思う。小説家にならせてもらえなかったら、どうしていただろうと、とても不安になる。

六十四歳になった今、私は昔を振り返りながら、ふしぎな気持に包まれている。この十年ほど、私はまったく作品を書いていない。開店休業よりも閉店状態に近い。職業作家から教員に転職した気分で暮らしている。主婦が教員のパートに出ている、というのが似合う。私は結婚していて、週に二回、短大に出講して、女子学生に小説を書かせている。自分で書くより、女子学生に書かせる方がうまい、と自分で思っている。女子学生の方が私よりうまく書くし発想も豊かだ。

そういうことで、書かなくてもじゅうぶんに満足する暮らしを十年続けて、自分が作家であることをのんきに忘れかけていたのだが、最近になって、昔の私の小説の翻訳本が二冊、別々の国からあいついで出版されることになって、目を覚まされた気分だ。

もちろん急に出版が決まったわけではなく、最初に話があったのはかなり前のことだ。忘れてしまうほどの時間がたって、私は何ということもなく、たち消えになったと思いこんでいた。自分が新しく書かなくなったので、それで小説家としての存在もたち消えになったような気分でいた。

一冊はカナダ。短篇小説のアンソロジーで、アジア文化の紹介枠内で出版され、印税などはない。翻訳してくれたのは、トロント大学の図書館の司書をしていた日系女性で、こつこつと私の小説を読んでくれていた。途中から彼女が出版の計画をたて、売り込んで、実現させた。そして彼女自身も小説を書きはじめ、私と同じような中途半端なデビューをすることになった。新人賞の最後の二人まで選考に残って、最終で逃した。

もう一冊は国の文化紹介の枠内に私の長編小説も取り込まれて、ドイツ語に翻訳されてドイツで出版されることが決まった、という話があってから、いよいよ実現されるという話になるまで、十年かかった。

長い年月の中で、そんなふうに珍しい話が二つ同時期に重なる、というのも面白いが、もっと胸にぐっときたのは、それぞれの本の表紙絵が、酷似していたことだ。

その表紙絵がいつどんなふうに準備されたのかは知らない。ある日絵のコピーが送られてきて、これでどうか、と問い合わせがあったので、気に入りました、と返事を送った。カナダが先で、数カ月後にドイツからも来た。その絵を見て驚いたが、やはり、気に入ったので、気に入りました、と返事をした。

髪の長い少女がレインコートを着て、後ろ姿で立ち、片手に傘を持っている。両方の絵がそうだった。作者は別人だ。

カナダのは、少女の背中は遠景のなかにあり、傘をさして雨の道を去ってゆく構図。ドイツのは、地下鉄のプラットホームに立ち、閉じた傘を右手にぶら下げている。背中を向けている。少女の目の前を、電車が猛スピードで通過中である。その駅には停まらない。

こんなにかわいい清楚な娘さんが主人公だったのか、と意外な気もした。これが私の書いてきた小説の外見なんだろうか。途端に気が抜けて、泣き笑いしたいような気分になった。

私の主人公たちは、こんなに可憐な姿ではなかったはずだ。

私は、自分が今までどんな小説を書いてきたのか、急に、わからなくなった。私の醜い主人公たちは、どこかに姿をくらましてしまった。こんなだから小説が書けなくなったのだと思った。

書かないのか。書けないのか。私はばかだから、そんなこともわからない。どうせこれからも書かないつもりだから、どうでもいいことだ。

書かないのは、書けないからだ。

書けなくても書こうとするのが小説だけど。で、ずっとそうやってきた。

私は二枚の表紙絵を目にして、久しぶりに、小説のことをまじめに考え直してみたくなった。雨傘を手に持って、かたくなに背を向けている二人のさびしそうな少女たちを、私の方へ振り向かせてみたくなった。

なぜ書かなくなったか。その本当の理由は、ごく単純で、この十年間、私には小説を書くだけの体力や気力がなかったというだけの話である。あまりにわかりやすくて、自分でもがっかりする。

五十歳から六十歳まで、私はいつも体の調子が悪く、頭は使い物にならなかった。更年期障害と病気と親の介護が重なり、その上に出版不況まで重なった。私が病気治療や親の介護に奔走していた間に、出版社との縁がほとんど切れた。その間のことは、書きたくもない。ふつうに誰もが味わうことなのだろうが、苦しくて、忘れたいと思うばかりだ。

もとの生活、もとの自分に戻ることはむずかしかった。

何もかも変わってしまった。親をなくし、仕事の縁をなくし、体力をなくした。で、ふと我に返ってみると、自分がとうに六十を超えていることに気づいて、驚いた。書けなければ死ぬと思っていたのに、十年書かなくても全然平気でビクともしないのも驚きである。

売れるあてがなくても書いていたころが懐かしい。

そんなに簡単に、書かなくても平気になれるものなのかしら。

案外、そのうち、突然、眠りから覚めて、猛烈に書き出すんじゃないかしら。

そんな疑問が、いつも胸にあることはある。

でも、それも半分は嘘。

自分でわかっている。

もっとはずかしい秘密を私は隠している。それを誰かに知られるくらいなら、死んだ方がましだ。自分でも忘れてしまおうとしたが、うまくいかなかった。

現在私は、夫と二人、平穏に暮らしている。夫は、書かない私を気にかけてはいるのだろうが、そんな素振りは見せない。彼は穏やかに暮らすことを願っている。私が元気ならなんでもかまわないのだろう。

彼は自分の世界を保っている。近くに事務所を借りていて、そこに毎朝出かけていって夕方帰ってくる。週の平日に何度かと日曜に、卓球などをやって汗を流している。大勢の友人やスポーツ仲間がいるので、彼の周囲にはいつでも活気がある。

私が病気をしたときは当たり前のように身の回りの世話をしてくれた。親の介護のときにも、文句もいわずにつきあってくれた。

夫といると心が休まる。二人で仲良く暮らせればほかには何もいらないじゃないか、この安穏を失いたくない、本気でそう思う。思うけれども、その本気も自分ながら信用できなくて、困っている。

本当は私は書きたい。夢中で書いているときがいちばん幸せなのは、昔から変わらない。でも、だ。私の幸せなど、問題にするほどのことだろうか？　私が書く内容なんか、たかが知れている。

私は、日中のほとんどを一人ですごす。午前中はほぼ毎日、カーブスという中高年の女性を対象にした筋トレ教室に通う。そこで三十分軽く汗を流す。それが終わると買い物などして家に帰る。午後は、自宅で本を読んだり、いたずら書きのようなものを書いたり、いろいろな悩みをくよくよ悩んだりする。悩みは解決しないし、尽きないので、本気では悩まない。夫が帰宅すると、けろっと忘れて、家庭の団欒に身をまかせる。生活の中心は、楽しく健康な生活を送ることにある。大病を経験して以来、それが第一のモットーになった。めまいも困る。吐き気も困る。痛いのも困る。考えることや読むことができなくなるのは、何よりおそろしい。

「私を閉じ込めて何が楽しいの？　なぜそんなひどいことをするの？　私は一人で暮らせるはず。やらせてみて。なぜやらせてくれないの。私にはやる権利がある。私を自由にして。ここから連れ出して」

母親が私の耳に残していった言葉が、時折、夕立のように突然、蘇って私をあわてさせる。記憶がたしかだったころの母親の言葉を、私はほとんど覚えていない。記憶にあるのは、十年あまり、認知症を患ってホームで過ごした間の、私に対する抗議の言葉ばかりである。口に出す言葉だけでなく、母親はたくさんの文章を大学ノート二冊に書き残した。

「ずっと書き続けていたい。書いているととても豊かな気持になる。書いたことはあとに残るし、誰かに読んでもらうこともできる。私はそんなにだいそれたことを望んでいるわけではない。でも私には私なりの夢と希望がある。なぜそれがわかってもらえないのか。誰の陰謀なんだろう？」

一度読んだだけで焼きついてしまった。陰謀という文字以外は、私自身が書いたのかと錯覚するほど、似ていた。文章を書き始めたころの自分もそんなことを日記帳に書いていたのだ。五、六歳のころに小説家になりたいと思った本好きの心は、十年後の思春期には、そんなふうに汚く変質していたのだ。母親のノートがそんなことを私に思い出させた。

何か書けば脳のトレーニングになるかもしれない。ひまつぶしになるだけでもいい、と思って、ノートを与えた。母親はひどく喜んで、あっという間に一冊のノートを真っ黒に書きつぶした。新しいノートを要求され、いそいそと買い与えた。

「ねえ、私が書いたの、読んでくれた？」

母は少女のようなさっぱりした顔で私にいった。読んではいたが、その内容と母親の清々しさにギャップがありすぎて当惑した。

「ごめん。まだ……」

「あら、つめたいのね。思っていることを正直に書いたから、ちゃんと読んでほしいの」

「どんなことを書いたの？」

「覚えてないけど、読んでくれればわかるわ。私の気持が伝わるといいけど」

二冊を文字で埋めつくしたところで、私はそのノートを持ち帰り、新しいノートを母に渡すことをしなかった。二冊目も、内容は変わらなかった。毎日書く、日毎の内容も変わらなかった。母は同じことを繰り返し書いた。

自由になりたい。自分をとじこめたのは誰か。その理由は何か。なぜこんな仕打ちをうけなければならないのか。自分にはやりたいことがたくさんあるのに。こんなことをした相手は誰なのか、知っている。死んでも呪い続けてやる。

死んでも呪い続ける相手というのは、もちろん私のことである。娘であっても許すことはできない。

そうだろう。

私は、書くことができなくなった。それまでも書けなかったが、それが徹底的になった。

母親が切れやすい性格であることは、彼女を老人ホームに入居させてから知った。娘だから実感はあったにしても。

ある日、何があったのか、顔を出した私にホーム長がちょっと怒ったような調子でこう訴えた。

「ふだんはとても優しくてよく笑うんですが、何か気分を害したような時は、人に投げる言葉がとてもきついんです。言葉の使い方がなんとも容赦がなくて。理屈っぽいというか。人を追い詰めるんです」

一度だけだったが、やはり私の耳に即決で焼きついた。

そういわれても私にはどうしようもない。だからホームに預けたので、何だか腑に落ちないが、すみません、と頭を下げておいた。そういう症状の病気ではなく、もともとの性格を非難されているのか。そういうことなら本人に直接注意すべきだと思うが、何でも忘れてしまう病人なので、いずれにしても、直しようはない。

母はそんなようなことで、ホームにいた間に何度もトラブルを起こした。気に入らないことがあると、自分の正しさを訴えてやまない。興奮がすぎると、深夜に脱走を繰り返した。

そうしたことを聞かされるたび、私の脳裏に、自分の子供時代の姿が甦ってきた。

認知症が進んでから、私の母親は、私の子供時代を再現しているかのようにふるまった。

私の書いてきた三十冊分の小説の中身も、そのようなものだった。

母親は私の書いたものを欠かさず読んでいた。父親がそういっていた。

私の疑問はそこにある。母親は私の書いたものを読んで内容を体にしみこませたのか。私の心が、母親の心と同じ遺伝子でつくられているのか。

私は十六歳のとき家を飛び出したことがあるが、一年後に家に戻ったとき、小説家になりたくて社会勉強をするためだったといういいわけをした。半分は本当のことをいったと思う。半分はやはり嘘で、母親から逃げたい気持も強かったのだ。私は母のそばで暮らしていると、自分が本当のことをいわない人間になっていく気がした。

母親はいつも誰よりも早くずばっと本当のことをいう。本当のことは、先にいったものが勝ちだ。ただ母親の場合、建前が本当のことなのだ。

「やっと帰ってきてくれたのね。もう二度と離さないからね」

彼女は母親としてそういって娘の私を力強く抱きしめた。

明らかに芝居が入っているのがわかった。棒読みのようなセリフだった。でも母親にとって、正しい母親の姿を演じることが、いちばん大切なことだったのだろうと思う。私がまたいずれ逃げ出すことはわかっていたのではないか。

大学に入学すると同時にアパートで独り暮らしをはじめた私に、母親は干渉しなかった。

いつのことだったか、ある日、夫が、ふいに、私に向かって、

「君は、何でもおおげさだからな」

と、珍しくあきれた様子でつぶやいたことがある。

それきりのことだったが、その言葉もまた私の耳に残って消えなくなった。

そうやっておおげさに反応して、なおかつあとをひく。

私だけでなく、父親も母親も、そろっておおげさの血をひいているかもしれない。

それにくらべれば夫はたしかにおおげさではない。さりげなくふるまうことができる。

私は、おおげさな気持で小説を書いてきた。

母のノートも言動も、やはり大仰にすぎる。

心の葛藤のこと以外、何も書こうとしないところも。

私はなんだかはずかしくてたまらない。

誰にもいえない。

レインコート姿の二人の少女を見比べながら、彼女たちはどんな顔をしているのだろう、と思った。

長いことじっと見つめていると、なぜだか案外、微笑んでいるように思えてきた。考えてみると、絵に描かれた少女たちはべつに私がモデルというわけではないのだ。私には似ても似つかない、美しい少女たちだ。私もこんなふうに美しく生まれついていたら、ちがう人生を歩んだにちがいない。

二冊の翻訳本は繊細な表紙絵の立派な装丁で飾られて、いくら見ても見飽きることがない。こんな本を出版できる作家はさぞかし才能豊か人なのだろう。自分の本でなかったら私はきっとそう思う。

私の思いは断片的でまとまりがない。母のノートにくらべれば自分の小説のほうが、ましではないかと思ったり。母の文章のほうがはるかに気迫に満ちているような気がしたり。おおげさに揺れ動く。

せっかくがんばって小説家になる夢をかなえたのに。

はじめからやり直したい。

舞台

これから最後にひとつだけ小説を書くとしたら、どんなものを書くだろう？

しばしばそんなことを思う。

今まで、35年ほどの間に、100篇余の小説を書いてきた。

最近の10年間ではごく短いものを5篇だけ書いた。この5篇は、本当に自分が書きたくて書いた。

それ以前のものも、書きたくて書いたものには違いないが、雑誌に掲載してもらえる水準を強く意識して仕上げた、という感覚が残っている。

近頃は、雑誌の水準そのものが、私にはわからなくなってしまったので、自分の基準に従っている。

だからほとんど書けない。

時々、知り合いなどから、もう小説は書かないの、と聞かれる。書いてる？　書かないと書けなくなるよ、と心配して声をかけてくれる先輩作家も少なくない。

そんなときに、これだけはどうしても書きたい小説って何だ？　とか、一個だけ書かなければならないとしたら？　とか、甘い夢に誘われるように、小説のことを考える。

無言の自問自答です。答えより、考えること自体が楽しい。

小説は、生きている限り、ずるずるとつながって、体から出てくる。排泄物とかフェロモンとか、欲とか願望とか、そういうもののような気がします。

小説を100篇書いたといっても、実体は、ひとつの小説を分けて書いているだけなんだと思う。内容はみんなどこかでつながっている。同じ場所から出て、同じ場所に向かっている。

と、いうわけで、私は今回も、途中から途中までの、始まりも終わりもない小説を書きます。これが私の最後の小説になるかも、と思って書きます。そろそろ書き終わりたい気持が強くなってきています。

書き終われば、何か新しい世界を切り開く力が、内からわいてくるかもしれません。

私の書く小説は、呟きの範疇から一歩も出ないものです。語りにまで至らない。会話にならない。物語がはじまらない。そういう、滞った心が動きだす瞬間が感じられる文章を、書きたい。読者と主人公が無言の会話を交わせるような文章であれば、もっといいです。

私には、語気を強めて言い募るほどの個人的主張は、ないです。社会性もとぼしいです。それは私のコンプレックスです。

でも、何かいやなことを強制されたときには、全力で拒絶します。力関係を考える余裕すらなくなる。何がいやなのか、そこがもうひとつわからない。いやなことが小説の源になっている、とは思いますけれど。

小説のことなら、自分なりの考えがまとまりやすく、人にも意見がいいやすいです。

小説に関してだけ、好悪が激しいような気がします。

ほかのことは、だいたい、人のいうなりです。法律どおり。社会のルールどおりにおとなしく従います。

騒音や大きな声が苦手です。ものを考える邪魔になる。

若いころ、原稿を書くとき、耳栓をしてました。ペンと紙の音も聞こえないくらいの強い耳栓を探したんです。銃を撃つときに使う耳栓を手に入れて、それを愛用してました。

ワープロを使いはじめてからは、音が気にならなくなりました。ワープロのキイを打つときに音が出ますから。打音に耳をすませながら書いてました。

言葉には音がつきもので、生き物は、たえず音を出す、と納得しました。結婚して、そのことを実感し、慣れました。好きな男のたてる音なら、うるさくないんですね。夫は、話し好きで、私と喋りたがりました。

夫に感化されて、私の言葉数も、増えてゆきましたけれど。

会話するときは、つい、さしさわりのない言葉を選びます。相手を怒らせないように気をつけて喋ります。

日本語は、文字をもたなかった時代が長かったといいます。書き言葉ではなく、仲間どうしの話し言葉として長く使われたので、やわらかい微妙な表現が多いのでしょう。

おだやかに過ごすための知恵。大声のいらない幸福な言葉。

いいお天気ですねえ、とか。

桜の満開が楽しみです、とか。

お元気そうで、とか。

声と言葉のバランスがとれている、笑顔がつきものの会話は、いいものだと実感します。

一人で部屋にこもって書く、文字だけの言葉は、たいてい、不幸から生まれたものです。

私の小説みたいに。

結婚当初、八百屋で買い物をするときや、レストランに入ったときにする注文の声が、「小さすぎて相手に聞こえないよ」、と、夫にたびたび注意されました。

自分の声が無視されることが多いと薄々は感じていたのですが、私自身も、人の言葉が聞き取れなくて、聞こえないふりをすることがよくあったので、人もそうなのかなと、思っていました。

まったく聞こえていないとは、指摘されて、びっくりしました。自分の耳に聞こえれば、人にも聞こえると思いこんでいたのですね。

50歳をすぎたあたりから、親の介護とか自分の入院とか、外部の人と交渉したり、長い説明をする必要が一挙に増えて、さすがに不便を感じ、人の話を聞く努力や、大声を出すことや、滑舌をよくすることに気を配るようになりました。

長く小説を書き続けてきて、ほとんど声を出さず、書き言葉だけで生活してきましたので。

私は、日課というものをつくりました。朝起きる時間と夜寝る時間と三回ごはんを食べる時間を決めました。

そういうことを、今までしてこなかったわけです。小説を書く、というのが第一義で、それ以外のことは、全部、雑用のように感じていました。

才能もないのに。

でも、私は、目一杯小説を書いて暮らしたかったのです。才能がなくても。ないからこそ、なのだと思います。ほかのことに心をくだく余裕がなかったのです。いずれあきらめるしかないのならよけいに、書けるだけ書いておきたい。

私には、書くことは、とても大事なことでした。命と取り替えてもいいくらいの。

一生喋らなくてもいいから、一生書いていたい、という、私のおかしな望み。

小説を書かなくなっても、普通に楽しく生きていけるのだとわかったのは、これも、50代になってからです。自分の病気入院や、親たちの看取りなどで、中断を余儀なくされて、かえって、書かなくてもよい正当な理由を得たような、ひそかな喜びと安堵に包まれました。

親を見送って、体調を持ち直し、静かな日々が戻ってきました。健康で心配事のない日々は、とても楽しかった。

私の声も、いくらか大きくなって聞き取りやすくなった、と夫にほめてもらいました。

しあわせ、という感覚がやっとわかってきた感じでした。

「お昼にひとりで家にいて、ごはんをゆっくり食べながら、テレビでタモリさんの番組を見ていると、つくづくしあわせだなあと思う」

妹が私にそんなことをいったことがあります。

この妹は、今年の三月はじめに病気でなくなりましたけれど。

彼女がそんな言葉を突然口にしたのは、今から十年前のことで、両親の介護を、妹と二人ではじめたばかりのころでした。実家に私と妹が二人で泊まりこんだのですが、慣れない仕事に、二人がかりでも、あたふたしてました。

20年ぶりの再会でした。そのころの彼女は50歳になったばかり。

簡単な夕食を交代で慌ただしくとっていたとき、テレビを見ながら、彼女がふいにそんなことをつぶやいたのです。

若いころに私が家を出てしまったので、彼女とはほとんど交流がないまま、お互いの私生活も知りません。

彼女は結婚していて、夫と二人の娘がいました。その家庭生活がさほどうまくいっていないことは、両親から少しずつ伝わってきてました。

私も結婚してましたが、どちらも結婚式をあげなかったので、お互いの結婚相手と、顔をあわせる機会もないままでした。

妹は、長年の空白を無視して、いきなりそんなことをいったのです。

でも、いっただけ。それきり。何の説明もありませんでした。

私が聞けば、彼女も喋ったのでしょうか。

彼女が今も生きていれば、こんなことは考えなかったと思いますが、突然、死んでしまったので、いろいろ考えます。

両親がほぼ同時に認知症になったりしなければ、彼女との必死な協力体制も必要なかったと思うし、思いもよらぬことの連続でした。

あの大変な日々が彼女の命を縮めたかもしれません。私も途中で大病して、その間彼女に任せっ放しにしましたから、彼女に多く負担がかかったのは確かです。

妹は主に家で両親の身の回りの世話をし、私は外まわりを分担して、二人を入居させる施設をさがしたり、役所をまわって相談したり。妹は疲れきって、私の帰りを心待ちにしていました。

一ヵ月間だけでしたけど。

長い一ヵ月でした。

娘を生んだ覚えはない、もうお引き取りください、といい続ける母親と、子供たちが自分たちを殺しにくる、負けるだろうが、戦わなければならない、といって、武器になりそうなものを物色し続ける父親の、身の回りの世話をしていたわけですけど。誰でもすることなのでしょうけど。

悪戦苦闘の結果、二人をそれぞれ別々の施設に預けて、ほっとしていたら、三日目に、父親が肺炎で急死しました。

悲しむよりほっとしました。

母親は生きています。今でも。

私が10代のころ、母親にいわれた言葉を覚えています。

「人よりすぐれているなんて思うんじゃないよ。あんたが人よりすぐれているところなんて、ひとつもないんだからね。人にかわいがってもらえるように努力しなさい。それが女のしあわせなのよ」

大正生まれの母の本気の価値観なんでしょうか。実の娘のしあわせを願う言葉だったんでしょうか。

どんな状況でいわれたのか覚えていないんですが、母親も妹と同じく、突然、口にしただけだったような気もします。

自分の肉親たちが心に抱いている幸福観って、何だかふしぎで、こわい。あるとき突然いわれるので、よけいに驚かされる。


母親の言葉の影響を、私は何かの形で受けているかと考えますが、わかりません。妹の幸福観は母親の影響を受けているのでしょうか。それも、わかりません。

母親のいっていた、幸福に関する言葉をもうひとつ思い出します。

「女が家を出ると、その家は荒れる」

という言葉です。

「私の母親がそういっていたの。私もそう思うから、家にいるわ」

母親の母親は私のおばあちゃんです。19歳から43歳まで9人のこどもを生み育てた人です。

家庭的な感じのする優しいおばあちゃんでした。

女が家を出る、というのは働きに出るという意味です。女は専業主婦が幸せ、ということです。私の母も専業主婦でした。妹も専業主婦でした。

妹の夫が、妻が家でヒマだろうからと、アルバイトをさがしてきたことがあったそうです。妹はその話を私にしたとき、すごく怒ってました。私を無理に働かせようとするのよ、ひどいでしょ、といってました。

まあ、そんなことが重なって、私たち姉妹はだんだん会わなくなっていったんだと思います。性質も趣味もかみ合わない二人が、両親の介護で協力しあったのです。

何かを言葉にすると、感じ方や考え方の違いがあらわになるので、たいていは、妹が一人で喋り続けていました。びっくりするくらい、お喋りでしたね。独り言みたいな喋り方なので、聞き取れないことが多かったんですけど。


あの人たちって、幸福だったんだろうかと、この頃、思います。

妹が突然、死んでしまったので。

母が私のことを忘れてしまったので。

とくに妹のことは、こんなに早く死ぬとは思わなかったので。もう少しお喋りにつきあってあげればよかったのかと、反省したりします。

彼女が、一度、何かのおりに、私の耳に、「頼むから、お母さんより長生きしてね」と、ささやきかけてきたことがあります。

どんなつもりだったのか、今となってはわかりませんけれど。

親の介護をはじめたのが2003年の3月。5月に父が死に、同じ月に母を施設に預け、翌2004年の6月あたりから私は体調をくずし、8月に開腹手術を受けています。母親より長生きして、と妹がいったのは、父の死後、私の入院前、といった時期です。

2011年に東日本大震災が起きて、2013年の今年、妹は、正月2日に、突然電話をかけてきて、「悪い知らせ」と前置きし、自分がもうすぐ病気で死ぬことを私に告げました。彼女は、何か困ったことが生じたときにしか、私に電話をしてきません。最後までそうでした。

「膵臓の末期ガンなの。肝臓にも転移していて、手術ができない状態」

妹は、一気にそういいました。棒読みのようでした。

「わかった」

私は、そう答えました。心臓は鼓動を早めていましたが、感情は動きません。そうか、と思ってあきらめてしまって、慰めの言葉がでてきません。

私の周囲には、ガンに罹る人がとても多くて、ことに大震災の前後に、40代から80代の年齢層の友人知人数人が連続して亡くなりました。

私の妹には一度も話してないことですが実は、夫の二人の妹が、この1年で、先を争うように逝っています。一人は44歳。あっという間でした。もう一人は55歳で、20年以上もの長い闘病生活の果てでした。

私の妹は、60歳です。

私たち夫婦の最後の妹です。妹のなかではあなたが一番長生きした、とはいえません。

「気のすむまで、たくさん泣いて、さ」

そんなことしかいえません。

「うん、もう、たくさん泣いた」

妹は案外さらっと答えました。

9年前、私が卵巣腫瘍で入院したとき、ガンを疑われましたが、結果、ボーダーライン上でグレイです、といわれました。でも、卵巣を全摘して、念のための化学療法もやって、表面上はガン患者と同じ待遇でした。

何だか仮病のようなうしろめたさがつきまといますが、それでも、やっぱり、私にも、自分の命のあやうさに息がつまるような不安を覚えた経験はあるのです。

私だけのことではなく……。

大部屋に、たくさんの病人がいて、その人々が毎日のように次々と、手術を受けます。毎日のように新しい患者が、空いたベッドを埋めてゆきます。

夜中になると、あちこちからすすり泣きの声が聞こえてきます。

自分の命がどうなるかわからない怖さ。患部も痛い。苦しい。

たいてい、みんな、夜中に一人で、泣きます。

私はなるべく優しい声に聞こえるように、妹にゆっくり、ささやきかけます。

「今は、入院しているの?」

「もう、入院はしない。一ヵ月入院して、黄疸だけ、治して、退院した。病院にいてもいいことはひとつもない。あとは、自宅でケアを受ける。私にとって、それが一番居心地のいい方法だから」

夏から秋にかけて体調をくずし、9月に黄疸が出て、それで初めて病院に行って、いきなり、もう治療できない、と診断されたそうです。

「体は、つらい？」

「ありがたいことに、案外、そうでもない。2、3時間おきに何か食べないとだめなのがちょっと大変だけど。お父さんが食べ物さがしに走り回ってる。何が食べられるか、そのときにならないとわからないから」

「眠れる？」

「眠れる」

何をいっても棒読みの答えが素早く返ってきます。

「じゃ、まあ、がんばるしかないね」

「……そういうことだから、お母さんのことは、お兄ちゃんに、必要な書類とか全部送って、頼んである」

「そう。わかった」

私はこの数年、母親の介護を妹に任せきりにしていました。

「お兄ちゃんてばさ、電話で話したら、もっとショックを受けてくれるかと思ったけど、意外にクールで事務的な応対だった。でも、実家においてある着替えを送ってくれるように頼んだら、もう翌日には届いたから、結構、あわてたみたいで、ちょっと嬉しかった」

「どうする？　具合がよくないようなら、遠慮するけど、行った方がいい？」

「一度くらいは会いに来て」

電話を切ったあと、気がつくと、いつからいたのか、隣室でパソコンをいじっていたはずの夫が、すぐ近くで、目を大きく開いて、私を見ていました。

妹が声で喋った言葉を、今、こうして文字で再現してみて、驚きました。ずいぶん、いばっている。

耳で聞いているとそんな感じはないのですが。

喋り言葉というより、書き言葉に近いです。

前からそんな喋り方だったかどうかも、思い出せない。


数日後、東京郊外の丘陵地に建つ巨大なマンションの11階の自宅に彼女を見舞うと、上の娘が来ていました。独立して別のマンションに住んでいますが、私が来るならといって、やって来たそうです。下の娘は、外国にいます。婚約者といっしょだそうです。

彼女の夫は、私のいる間、ずっと台所仕事をしていました。ふだんは、物音が頭に響くといって、彼女が何もやらせないのだそうです。今日は私が来たから機嫌がよくて、体調もいいようなので、と彼女の夫はそわそわと立ち働いていました。私のいる間に、たまった家事をぜんぶすませてしまうつもりのようでした。

30歳になるという上の娘は、細い体に地味な体操服のようなものを着て、何を話すわけでもなく、私たちの近くで、ずっと俯いてケイタイをいじり続けていました。耳をすましているのはわかりました。

私は1時間いて帰りました。妹があきらかに疲れた様子になったのと、彼女の夫の家事が一段落ついたらしかったので。

結局、電話で話した以上のことは、話題になりませんでした。88歳になる母親のことにも一言も触れませんでした。

「60歳じゃ早すぎる」

彼女は骨の浮いた手で私の持っていったハンカチをいじりながら、自分の寿命のことをそんなふうに、私の耳に聞こえるようにつぶやきました。私は、妹本人より妹の娘の耳がこわくて、何もいえませんでした。いうべきことも思いつきませんでした。

妹の娘も、聞こえなかったような様子でしたが、すべてを聞いていたようにも思います。

その声を聞いて、私は、帰る潮時だと思って、たちあがったのです。誰も引き止めようとしませんでした。

彼女の夫が駅まで送ってくれました。途中で何か彼女の余命に関する大事な話をするのだろうと思いましたが、

「彼女は、私が外に出るのをすごくいやがるので、こういうときくらいしか出られないんです。足が弱って困ります。私も倒れるかもしれません」

というようなことを、駅まで喋り続けました。

別れ際、私は、妹の寿命がどのくらい残っているのか医者から聞いているか、と彼にたずねました。

わからない、と彼は答えました。

2カ月後に、彼が電話をかけてきて、妹の命がそろそろ危ない状態であることを伝えてきました。その2日後、彼女は息を引き取りました。

私は、小説を書くとか、旅行するとか、好きになった男と結婚するとか、その時々に、やりたいことをやってきました。

対照的に妹は、家でじっとしていて何もやらなかった、という印象が私にはあります。やりたいことが何もなかったのか、何もやりたくなかったのか。

やりたいことがあっても事情があってできなかったのか。

兄は、ひたすら勉強をして、大学教員という仕事に就いて、趣味ももたない、というのが私の印象です。

深い関係がないので、何も知らない、というのが実情です。何かをいう資格は私にはありません。

妹が死んでから、時間がゆっくり流れ、いろいろなことをぼんやり思うことが増えました。生きている間は、かみ合わなかったけど、死なれてみると、分身だったという実感が、へんなふうにこみあげてくるのです。

たった一人何とか元気に生き残っている兄は、極端に無口で、必要なこともいわない。兄は、妹の病気を知ってからも私に連絡してくることはありませんでした。私も、妹のことを兄と相談するということもしませんでした。

私たちは、そういうきょうだいです。

昔、私が育った家族が、妹の死で一挙に形を失ってしまった感じがします。妹の存在感は、すごいです。妹がいなくなったあと、何だか、周囲の景色が、がらっと変わってしまった。

私は、妹が死んだことを、誰かに喋りたくてしかたがありません。

でも、私の知り合いは、誰も私の妹のことを知りません。妹の友達を、私は一人も知りません。

私が喋らないと、彼女は、最初からいなかった人みたいです。

彼女の夫だった人も娘たちも、彼女のことを私に一言も語ろうとしません。

妹の子供のころの話を私から聞きたいという気配を見せません。

妹がいなくなったら、誰も妹のことを喋ろうとしないのです。妹が元気だった頃も、そうでしたけれど。

幸福になるために小説を書いてきたわけじゃないけど、小説を書けて、私は幸福でした。

小説家か学者になりたい、というのが子供の頃の夢だったので、それは一応叶いました。

思い描いていたのとはだいぶ実態が違いますが。

妹のことを書けたので、十分です。

亡くなる2日前に兄が見舞いに行ったそうです。妹は、死の直前に兄が見舞ってくれたことを喜んで、訪問医療の医師に「兄がきてくれた、嬉しい」といったということです。

それが彼女の最後の言葉になりました。よかったです。

私に関しては、死んだあとで来てくれればいいという彼女の伝言がありましたので、その言葉にしたがいました。

兄と妹は仲良しでしたから。

後日、四十九日の法要の帰り、妹の上の娘が、駅まで送ってきました。

「私、ポール・ダンスをやっているんですけど、今度、舞台でショーをやるので、よかったら見にきてください」

途中でそんなことをいい出して、パンフレットを手渡してきました。

「今まで、クラブとかで踊ることが多いので、みず子おばさんのこと、お誘いしにくかったんですけど、舞台なら、来やすいかと思って」

「行く」

「本当ですか」

「絶対に行くから、チケットを送ってちょうだい。住所はお父さんに教えてもらってね」

私は一気に、お喋りおばさんに変身してしまったようでした。

彼女が赤ん坊だったころ、下の子を出産するので、一時的に預かったことがあります。彼女の父親が勤めに出ている数時間の間、子守に通いました。わりあいにうまくやれて、彼女は私になついてくれました。

それだけです。

会わなくなって28年がたっています。

私は、赤ん坊だった彼女の小さな手が吸いつくように私の指を握ってきたことを思い出しました。

でもそれ以来私の妹は自分の子供たちを私に近づけようとしたことはありませんでした。

2カ月間を楽しみに待ち、当日は、早くから出かけて、開場の2時間も前に、到着してしまいました。

真っ暗だった舞台が、ぱっと、明るく照らし出されて、大勢の、ビキニ姿のダンサーたちが浮かびあがりました。

私は、大勢のダンサーのなかで一人だけ目立って光ってみえる細身の姪ッ子を、一目で見つけだしました。一瞬、妹がそこにいるように思えたのです。二人が重なって見えました。

音楽が鳴り、姪でも妹でもある黄色いビキニ姿の女が、素早く、舞台の中央に垂直に立っている4本の細い棒の1本を、手と足を使い、体をしならせて、するすると駆け登っていきました。

彼女は棒を登ったり降りたりし、棒の上や下で身をくねらせながら、激しく踊り続けました。次第に妹の姿は消え、妹の娘の姿だけがくっきりと浮き立ってきて、観客席に愛くるしい笑みを投げかけてきました。

どこからか妹の満足そうな笑い声が聞こえてきたような気がしました。

言葉

二月半ばのある日の夕方、空が暗くなってきたころ、玄関においてある固定電話が鳴り出した。固定電話は、常に留守電にセットしてあって、鳴っても直接出ることはめったにない。かかってくるのは、勧誘やらアンケートやら、見知らぬ相手からの迷惑電話ばかりで、本物の用事の電話は、月に一本あるかないかだ。

耳の聞こえがよくないので、電話は苦手だ。人の話を聞くのも、自分で話すのも、よほど神経を集中しないと、うまくできない。

だが魔がさすことがある。私はちょうど玄関に届いたばかりの夕刊を手にとったばかりで、目の前に電話があったものだから、つい受話器に手を伸ばしてしまった。

Kと申します。

高い声が耳に飛び込んできた。

はい。

私の声もつられて高くなる。

Kです、と前はいっていたと思うが、少し距離をおくようになったのかな、と私は身構えるような気持でその高すぎる声を受け止める。少し緊張する。

Kからかかる電話には、私は、なぜか、かなりの確率で、タイミング悪く出てしまう。彼が私に用があり、私にはとりたてて彼に用がない、という関係が、昔からずっと続いている。Kの用事はYのことと決まっている。二人の間をつないでいたYはもういなくなってしまったのだが、用事はまだ残っている。

Yの一周忌を三月二日にやります。午後三時からです。

それだけを一気にいい、黙る。彼の電話はいつもそんなふうだ。彼も私に対して緊張しているのだろう。

その日は用事があります。行けません。

返事をする私の声は、機械のように感情のこもらない声だ。Yのことを話すとき、自然にそうなってしまう。

そうですか。

彼の声が高く響く。

Yのお骨は近所のお寺に預かってもらうことにしました。

彼が話題を変えて言葉を重ねる。

四十九日の法要のときには、彼は、お墓を買おうかと思っている、といっていた。予定が変わったのだな、と私は思う。

そう。わかりました。

と、私は答える。

それじゃ。

行けなくて、ごめんなさいね。

いえ。

電話を切ったあと、私は、かすかに苦しい気持になる。しばらく、その場でじっとして、手にしたままの新聞を見ていた。お寺の名前を聞かなかったことを後悔した。

三月二日の早朝から、夫と二人で二泊三日の小旅行に出かける予定だった。三月三日は、私たち夫婦の結婚記念日なのだ。Kの知らないことだが。

この先もずっと、私たち夫婦は、これまで通りに、三月二日は、小旅行の出発日にあてることになると思う。

薄情だが、旅行はやめない。

ごめん、と私は口のなかでつぶやいている。今後は、今まで以上に電話に出ないように気をつける。

あの世から、Yが、私を見て、意地悪な笑いを浮かべているような気がする。私がつい、Kからの電話に出てしまうのは、Yが、そうさせているのかも。

人が困っているのを見るのって、平気。Kが困ると、いい気味って、思う。私ってそういう人間。

一度だけだが、Yのそんな言葉を聞かされたことがある。結婚してそれほどの年月はたっていなかったころだ。はじめの三年ほど、私たちは歩いて行き来できる距離に住んでいた。Yは大きなお腹を抱えて、時々、独り暮らしの私のために、料理を運んできてくれた。

愚痴をこぼしに来ていたのかもしれない。

仲のいい夫婦ではない様子だった。仲が悪いというのでもなかった。打ち解けないとか、気が揃わないとか、そんなふうだった。

妊娠してから結婚したこともあり、身動きも不自由で、いろいろなことが思うようにいかない、といらだっている感じだった。

Yの結婚については、面倒ないきさつがあったので、私はあまり相手にならず、聞き流した。いつも不機嫌そうな青白い顔をして現れたが、一時間ほど喋ったあとで帰るときには、たいてい、運動をしたあとのように血色がよくなって、機嫌も直っていた。

一人で子供を育てるのはいやだから離婚は絶対してやらない。

たまに、そんなことをつぶやいて、私を驚かせた。

Yに二人めの子供が生まれたあと、私が転居して、行き来は途絶え、私はYの生活を心配することをやめた。

結果的には、Yは、その後三十年間、結婚生活を続けた。六十歳で病に倒れて亡くなるまでの半年あまりの間、自宅でKに看病されながら過ごした、と聞いた。Yは、Kを片時もそばから離そうとしなかったそうだ。

だってあの人、今までずっと、外で好きなことやってきたのよ。こんな時くらい、家にいたっていいと思う。

Yが一人で病院に行く体力もなくなっていると聞いて、私はYたちの家まで見舞いにいった。

その時にYの口から出た言葉だ。Yたちも前のところから引っ越していて、郊外の巨大なマンションに住んでいた。十年ぶりくらいの再会だった。その前は、私たちの両親の介護のために、しばらくの間、月一回くらいのペースで顔を合わせていたことがあった。そのマンションに引っ越した直後に、両親の二人ともが介護を必要とする体調であることを突然知らされて、荷物を片づけるひまもなく、実家に駆けつけた、という話を、Yがしていたのを覚えている。私もYも長らく実家と連絡を絶っていたのだ。実家の近所の人が連絡をくれた。

Yは、私が見舞った二ヵ月後に死んだ。

Yが死んだ日も、私は旅行に出かけて留守だった。四日に帰宅するとYの死を知らせるKからの留守電が入っていた。

いうまでもなく、Yは、私の妹で、年は四つ下。

Kは、Yの夫。七歳違いの夫婦で、三十年連れ添ったが、若いYが先に寿命を終えた。

私が悪い。

二人を結婚させたのは私だ。

Yははじめ、私に感謝するような素振りを見せたこともあったが、たった数ヵ月で、そんな様子は消え、次第に不満に包まれる感じになった。

いろいろなことが、何だか妙に、こじれてしまった。


そのわけを簡単に説明する。

独身だったころ、私は、実家の母親から、ある日、電話で、Yの結婚相手をさがしてほしいと、頼まれた。母親はなぜか大変興奮していて、実質的には、結婚相手を見つけるよう、私は命令されたのだ。

どうしてもあの子を結婚させたいの。そうしないとあの子の本当の生活がはじまらない。

母親は子供のころからYを可愛がって甘やかしていたのだが、ついにYのニート生活に音を上げたのだろう。姉なのだから妹の面倒を見なさい。昔からの口癖が出た。妹二十九歳。姉三十三歳。

私も独身なのだから、そんな話は笑って断ればいいのだ。

ところが私は、当時つきあっていた男に、つい、その話をした。すると男は、ちょうどいい相手がいる、といった。

そこから、話が進んでしまった。

何かの力が働いて、その話は、なかったことにならなかった。

Kが紹介され、二人は互いを気に入り、子供ができた。

Kと私たちの母親の間が険悪になり、Yと、Kの家族が険悪になり、という紆余曲折はあったが、そのたびに、私のつきあっていた男が、Kをとりなした。

二人は結婚したが、双方の実家と縁を切ったような状況が生じた。

私が連絡係のような立場になった。

つまり、そういうことだ。

話は私の手から離れた。彼らは熱心だった。どんなにこじれても、結婚する、というルートを、彼らは選択した。

私は、Yのことも Kのことも、よくは知らない。三十歳と三十七歳の男女の結婚話に、私が口をはさむいわれはない。だが私はいろいろなことの中心にいた。いろいろな言葉がいろいろな方面から私の耳に入ってきた。

Yは母親譲りの癇癪もちであると、Kから教えられたりした。当のYは、私の前では花嫁人形のように、幸福そうにとりつくろっていた。けれどもKは、Yが、離婚するなら自殺するといった、と私にいったことがある。

あの子はあんたのことを頼りにしているの。ほかに相談できる人がいないんだから、話し相手になってあげてよ。

母親は頻繁に電話をかけてきて、相談相手になってやってほしいと私に頼んだ。

私が自分で出かけていって元気づけてやりたいけど、あの人の顔を見るとむしゃくしゃするのよ。だから、ほんとに、お願いするわ。あんたならうまくやってくれると思って。

私は母親に弱い。

妹をいじめると、母親に殺されそうな気がする。

ばかみたいだが、いまだに、母親に口答えできない。

それでねえ、あんたに折入って頼みがあるのよ。あの子がもし離婚して、子供を連れて戻ってくるようなことがあったら、家の財産を、みんな、Yに譲ってあげてくれない？　お願い、まじめな話よ。

母親がそんな話を切り出したときも、私は、何も言い返さなかった。ふーん、と思ったが、まじめなら、しかたない。

母親にとって、私はYの保護者であるべきなのだ。

私は、独身で体が丈夫で生活力がある。

Yは体が弱く、引っ込み思案で、生活力がない。

父親は母親のいうなりだった。Yのことになるととくに。

Kをどう思う、と父親に聞かれた。ふつうの人だと思う、と私は答えた。

みんな、気に入らないことばかりだったのだろう。それでも誰も、その結婚を止めようとしなかった。

私自身は、小説家としてデビューした直後だった。三十二歳で初めて雑誌に作品が掲載され、二年後の三十四歳で初めての短編集が出版された。二冊目の本の刊行も予定されていた。

私の書く小説の主人公は、家族や社会から孤立した、心を閉ざした少女で、私自身がモデルだった。

原稿の締め切りを気にしながら私は電話で母親の愚痴に適当な相槌をうっていたのだ。

母親は、活字になった私の作品を、読んでいたはずだ。本が出たお祝いだといって金のネックレスを送ってくれたことがある。

で、社会的に力のある人間になって、つきあいも広いだろうから、妹の結婚相手を見つけてもらいたいと、そういう話の流れではあったようだ。小説の内容はどうであっても、小説は小説で、現実ではないから。

Yの結婚から四年後に、たまたま縁に恵まれて、私も結婚した。相手は、高校時代の先輩で、私が本名で出した本を書店で見つけて、連絡をくれたのがきっかけになった。十六歳で出会い、三十二歳で再会し、三十八歳で結婚した。

前につきあっていた男と関係がこじれていたころに、彼が現れた。私は彼に助けてもらった。そのあたりの詳しいあれこれは話したくない。ただ、その男は、若かった私が小説家になるのを手伝ってくれ、ようやく私が小説家として出発した直後に、Yの結婚の仲介をしてくれた。男とKは同じ会社の同僚だった。その男も小説を書いていた。私のデビュー作にも、男の添削の手が入っていた。書き加えた部分もあった。まさか選考に残ると思っていなかったので、私は好きにさせていた。思いがけず私がデビューすると、男は代作するといいだした。

どう、言い訳すればいいのか。私は、男と別れることを決めたが、逃がさない、といわれたので、彼に手助けしてもらって、身を隠した。

このことは、初めて書いた。YもKも知らない。二人のところへ害が及ぶことを心配したが、幸い、それはなかった。

私の横着がもとにある。

私は、私のために何かの努力をしてくれる男に、はじめて出会って、嬉しかった。

私に、夢でも幻でもない本物の才能がいくらかでもあるらしいとわかって、嬉しかった。

そこへ、母が、Yの結婚相手を云々という電話をかけてきた。

私の神経も、おかしかった。自分は、その男と結婚するつもりなど、はじめからなかった。そういう相手に、妹の結婚相手を親が探している、と愚痴ったのだ。

私が悪かった。調子に乗っていた。


Yが亡くなったので、ようやく、ここにはじめてそのことを書いた。Kがこの文章を読むことがないように願っている。

これは小説で虚構だから、もちろん事実ではない。でも事実だと感じられる書き方で、私は書いている。私は単純にYの意地悪な姉でしかないのかもしれない。

でも、Yにいいたい。

人との出会いというものは偶然だと思う。別れるときは自分の意志で別れる。私とYが姉妹であるのも偶然のことだ。

もちろん、妹に幸福になってもらいたいという思いは私にもある。あった。それが私の安心につながるからだ。妹が不幸だと、私が面倒を見るようにと、母親が私にうるさくいってくる。

生まれてからずっとそうだったから、彼女は、人が何かしてくれるのを待つ人間に育った。

進学や就職や結婚は、自然に人が用意してくれると思っていたようだった。学校にいけば優等生になる。就職先が決まれば仕事も一通りはする。結婚すれば家庭生活を送って子供を育てる。型通りのことをする。

型以外のことはしない。

私には、そんな印象だった。

彼女を荷物のように感じていたので、どうやれば荷物が軽くなるか、ということばかり考えていた、というのが実情だから、深く考えたこともないのだが。

虚弱な体だった。子供のころの彼女は、しょっちゅう熱を出したり、食べ物を戻したりしていたから。大人になってからのことは、よく知らない。

病気になって、治療を受けることなく、自宅で息を引き取った。動けなくなっても、病院に行かず、急変したときはすでに手遅れだった、ということだ。

彼女は私にとって謎だ。

彼女には、何かわからないが、激しい意志はあった。Kは、Yを、強い意志の持ち主だという。私は、彼女を、意志薄弱だと思ってきた。ただ、一度だけ、彼女が、母親に向かって、

私を無理に結婚させたでしょう、

と、大声で怒鳴りつけるのを目の当たりにしたことがある。

認知症の母親が暮らしているホームを二人で見舞ったときに、何かささいなことで母親が機嫌を損ねた。それを私たちはなだめようとしたが、かえって母親を興奮させてしまった。そうなると手におえない。放って帰るしかないと私が思っていると、Yが、突然、たちあがって、そう怒鳴ったのだ。

一生、許さない。

Yの罵声を浴びた母親は、一瞬でおとなしくなったので、私はびっくりした。泣く以外にYが大声を出すのを初めて見聞した。

Yは、私を振り返って、ちょっと笑い、疲れる、とつぶやいた。

無理に結婚させられたと思っていたのかと、私はその発言内容にも驚いた。Yは無理に結婚した、と私は思っていたので。

思い違いだらけなのだろう。それをただす余裕もなく、私とYは夢中で母親の介護の時間をやり過ごした。

母親より先にYに逝かれたのは私には打撃だった。母親の耳と心にはYの声と言葉しか届かなかったので。認知症になってからの母親は、どうしても私という娘があったことを思い出せず、私が何か娘らしいことをいっても、ふしぎそうな顔をして、耳を貸そうとしなかった。

それにしても、Yの結婚生活が三十年続いたのは見事というほかはない。

私の結婚も、いつのまにか二十八年目になる。ほんのり楽しいような、退屈なような、穏やかな日々が、自然に過ぎてゆく。Yに申し訳ないような、のんきな日常だ。いまさらとは思うが、夫のおかげだろう。

唐突だが、秋山駿さんのことを書きたい。

Yの死から三ヵ月後、秋山駿さんの訃報が届いた。

私はダブルでショックを受けた。Yのときに出なかった涙が、秋山さんの死を知ると、一気にあふれだした。Yの分まで流れだしたような勢いだった。

秋山さんは、私を新人小説家として、世に送り出してくれた。私の暗く陰気な新人賞応募作品が、最終選考に残った四作の一つとして、雑誌に掲載されると、新聞の文芸時評で大きく取り上げてくれた。

取り上げてくれたことも嬉しかったが、そこに書かれていた秋山さんの文章が命の水のように私の体に沁みたことが、何よりありがたかった。

私は、生まれて初めて、通じる言葉に出会った気がした。この人の言葉は何だか全部わかる。まるで私のための言葉のようだ、と思ったのだ。これまで、私は、自分の体に薬のように効く言葉を探して、文章を読んできたのだと思う。秋山さんの言葉は、ひとかけらも無駄なく、私の体に効いた。

どんな効き方か、うまく説明できない。私は、生きて、文章を書いていいのだ。ただ単純にそう感じた。

秋山さんは、私の初めての短い小説について、群れずに暮らす夜行性の小動物のようだと評した。

夜になるとひっそり穴から出てきて、静かな暗闇のなかでのびのびと深呼吸している主人公。そうか、私は、そういうことを書いたのか。そんなようなことを書きたいような気がしていたが、本当に書けていたのか。作品が認められたというより、自分の思ってきたことが受け止めてもらえた喜びだった。

秋山さんは、後年、このときのことについて、私にこう話した。

放っておいたらつぶされてしまうと思ったんだよ。こういうものは、あった方が、文学のためにいいんだ。だから、ああいうふうに書いた。

新しい時代がはじまったポイントを示す作家、と書いてもらった。

私の書く文章は陰気で重苦しかったが、夜行性の小動物が書いているのだと思うと、気が軽くなった。

秋山さんの言葉は、意味と言葉が直結している。揺るぎがない。同じテーマなら、何度喋ったり書いたりしても、まったく同じ言葉が使われる。言いなおしたり書きなおしたりすることがない。その上、体温が伝わってくる。

知ってからお別れするまでの三十八年の間に、何度か、お会いして話す機会があったが、その印象は変わらなかった。

私の文章は下手くそで、おかしなところは数えきれないほどあったが、そういうことに秋山さんは、触れなかった。内容を云々することもなかった。

私が何を書こうとしているか。それが文章を通じて伝わってくるかどうか。

小説の原稿を書くと、雑誌の編集者がそれを添削してくれる。添削は、微妙に、内容を変える。まあ、いいか、と私は思う。その方がよくなるのなら。意味が変だ、とか、表現が粗雑だとか、唐突だとか。私の言葉は、秋山さんのように毅然としていない。変だといわれれば、慌てて、書き直してしまう。書き直してよくなったかどうか、自分にはわからない。よくなったといわれれば、そうか、と思う。私はたくさんの添削にまみれ、最初の私的な添削をだんだん忘れていった。

秋山さんは、添削しなかった。

自分の足元を深く掘れ。秋山さんの要求はそれひとつだった。

私は、男と別れ、今の夫と結婚した。直後、前に書いた作品がある賞を受けたことを知った。転居して、出版社と連絡を絶っていた時期だったが、今は亡きYが、新聞の小さな記事に気づいて、私に電話で知らせてきた。Yにだけは転居先を教えてあった。

あさましくも私は賞を受け、夫連れで受賞式に出席した。会場に男が現れた。最小限のダメージですませた、とだけいっておきたい。その後は二度と会わずにすんでいる。

話は飛ぶが、秋山さんが亡くなる数年前、夫が、明かりに関する文章を書いて、本を出版した。長年の趣味をまとめたもので、明かりを描写した種々の文学作品を紹介している。

当時、秋山さんは、それなりにお元気で、一冊送らせていただいたその本を、あっという間に読んでくれた。数日後に仕事でご一緒したとき、さっと近づいてきて、あれを読んだよ、とても面白かった、といってくれた。

ああいうものが、僕なんかには、ちょうどいい感じなんだ。読んでいて、気分がよかった。

ああいうものを書く人は、いいな。

こういう相手と暮らしています、と報告して、祝福してもらった感じだった。

私の感情は古びたプラスチックみたいに濁って固くなっている。考えたり感じたりする力が衰えているのを感じる。世の中にある小説を全部読みたいと思っていた子供のころの自分の願いを思い出している。

時間がすぎてゆく。

秋山さんが亡くなったあと、私は思いついて、自分のための墓を買った。私たち夫婦二人だけが入る墓だ。土の上に墓石が立っているような方式のものではなくて、巨大なビルの形をした共同の墓地のようなものだ。近所にそういうものが新しくできた、と新聞のチラシで知ったとき、買ってもいいなと、ふと思ったら、隣で同じチラシを見た夫が、こういうのも悪くはないな、と言ったので、買うことにした。

死んだあとの、自分の脱け殻の置き場所があれば、便利ではないか、と思った。私たち夫婦は、子供をつくらなかったので。

墓が完成した、と連絡がきたのは、Yの一周忌云々の電話がKからかかってきた日から、二カ月ほど前だった。

いろいろ、込み入っているような、単純なような。私も六十五歳の高齢者になった去年あたりから、急に、自分の過去が、他人のことのように、面白おかしく感じられたりするようになってきた。

いろいろな人の、いろいろな言葉が、私の言葉をつくってきた。

私の言葉は、何かをつくっただろうか？

線香花火

猛暑日になるだろうと予報の出た七月末の朝、いつもの体操教室に出かけようとして、マンションのエレベーターに向かって歩きはじめたとき、エレベーター前の、岩村さんの部屋のドアが急に開いた。

足を止めて、出てくる人を待った。

現れたのは、岩村夫人ではなく、赤と白の派手な幾何学模様のワンピースを着た、化粧の濃い女性だった。肩までの茶髪。濃い色のサングラス。ふとももがのぞくスカート丈の足の先には、唇の色と同じショッキングピンクのハイヒール。大きな白い革バッグ。年齢は、四十歳前後か。

胸と腰と脚のバランスがマネキン人形を思わせる、見知らぬ美女だった。

数年前、マンションのどこかの一室に、近くの錦糸町の飲み屋か風俗店で働くらしい、化粧でぬり固めたようなけばけばしい若い女の一団が住みついたことがあったが、そういうのとはまったく違う、内福なにおいがした。セレブという言葉が似合いそうだ。

勤め先の学校がある表参道界隈で、そんな雰囲気のお洒落な女性たちをよく見かける。彼女は、私に気づいて、

「エレベーターにお乗りになりますか?」

と、声をかけてきた。もちろん乗るつもりでそこに向かっていたのだ。

「乗ります」と答えると、彼女は、到着したエレベーターのドアを開けて私を待った。

「ありがとう」

私は、すすめられるままに先に乗り込んだ。彼女が後から乗ってきた。窮屈そうに背中を向けたままじっとしている。

「あなたは、岩村さんのお嬢さん?」

私は、彼女の背中に声をかけた。

「違います」

口早に返事が返ってきた。

「そうですか。よけいなことを伺って、失礼しました」

こちらも口早に謝罪した。すると、

「嫁です」

という言葉がすぐ戻ってきた。私が驚いて、思わず声をあげると、彼女は、振り返って、会釈をした。

そういえば娘のほかに息子もいると岩村さん自身から聞いた覚えがある。

「そうでしたか。あの、おかあさんの具合、いかがです？」

「母は、昨年、亡くなりました」

思いがけない答えが返ってきた。

「それでは、今は、お父さんがお一人で？」

「父は、一昨年に亡くなりました」

「息子さん一家がお住まいに？」

何をいっているんだろうと自分で思いながら、言葉が止まらなかった。

「はい」

白々しいような返事しかもらえないのも、私が名乗らないのだから、しかたがないのだろう。

しかし、彼女は、岩村夫人と私の関係に、まったく興味がなさそうだった。

エレベーターが止まってドアが開いた。彼女の口から、私への質問はなかった。彼女は、「失礼します」という声を残して、エレベーターを出て、マンションの外へ姿を消した。素早かった。

彼女を追うつもりではなかったが、その素早さにつられたように、私も急ぎ足になった。釈然としない気持も手伝ったのだろう。私は、マンションの出口から表の通りに、不注意な一歩を踏み出した。そのとき、出合い頭のように、猛スピードの自転車が、私の鼻先をかすめて通りすぎた。私はその勢いにあおられて、足をもつれさせた。尻餅をつきそうになったが、やっとのことでこらえた。

私を驚かせた自転車も、岩村さんの嫁と名乗った人も、どこかに消えていた。

ここ数年、私の敬愛する何人かの年長の知人たちが、道を歩いていて自転車にぶつけられてけがをしたという話が続いて伝わってきている。人ごとではないのだ。

私は、昨年の十一月に六十五歳になった。今年の二月から年金生活がスタートした。それ以来、何かしら、社会と自分の関係に変化が生じたような気がしている。たいしたことではないが、電車で席を譲られることが増え、道を歩くときには反対に、道を譲ることが増えていると思う。場所によって自分が目立ったり、人の目に入りにくくなっていたりするようなのだ。女ではなく、老人に見える、ということなのだろうが、ということは、世の中に大事にされにくいわけで、なるほど、と思う。

昨年まで週に二日やっていた大学の非常勤講師を、今年から一日増やして、三日働くようになった。はじめたころは体力に不安を感じたが、すぐに慣れて、かえって元気になった。若い学生に囲まれて過ごす時間は楽しく、自分も年齢を忘れる。

数日前から、学校はすべて夏期休暇に入っているので、その元気は、だいぶ薄れている。ただでさえ、ぼんやりしていた頭の中が、岩村さんが亡くなったと聞いて、よけいにモヤモヤしてきた。

毎日のように岩村さんの部屋の前を通りながら、どうしているのかと、容体を気にし続けていたのである。気がつかなかったこともショックだった。

マンションの、出入り口横に、掲示板があって、町会の住人の訃報なども、そこに張り出される。しかし、岩村夫人の訃報も、さらにその前に亡くなっていたという岩村氏の訃報も、私は見た覚えがなく、住人の誰からも、そういう話を聞いていなかったので、何だか信じにくい。

しかし、考えてもしかたがなかった。べつに、どうということもない。嫁という人にも興味がわかない。

私は、最初の予定だった近所の体操教室に向かって歩いた。体を動かせば少しはすっきりするだろうと思った。周囲を忙しく走りまわる自転車に目を配る。どの道でも、歩行者より自転車の数の方が多く、斜めやジグザグに走り抜けるので、始終、追い立てられている気分がした。

十五分歩くと、四年ほど前から通っているビルに着く。六十を過ぎて足腰が急に衰えてきた感じがあったので、通いはじめた。一階は、酒の量販店。横にある狭い階段を昇ると、上から軽快な音楽が聞こえてくる。二階フロアが教室になっていて、会員は気の向いたときにいつでも利用できるシステムになっている。一回、たった三十分きりの運動で、終わればすぐに帰る。そのため、一日中忙しく会員が出入りする。

「こんにちは」

入り口で靴を履き替えながら、声をかける。見知ったいくつかの顔が私に気づいて、笑みを投げかけてくる。全員が女性で、ほとんどが中高年である。

「ひさしぶりじゃない?」

「そうなの」

夏休みになったから、という言葉をのみこんで、笑顔だけを返す。非常勤といえど学期末は師走気分にまぎれて、運動を後回しにしていた。二つ同時にやることは昔から苦手だ。悩みも一つずつ、ゆっくり考えたいたちである。

教室に来るときは、何も用事がない、という状態が望ましい。教室の空気に触れると、すっと気持が軽くなり、岩村さんのことも忘れた。動きまでがてきぱきする。

ＩＣカードをコンピュータにタッチして入室をインプットする。あいているステップボードに立って、両隣の会員に挨拶する。気づいたスタッフが私の前にやってくる。挨拶しあう。

「今日の体調はいかがですか」

「大丈夫です」

「では、今日も元気で、よろしくお願いします」

「お願いします」

見知った会員どうしや若いスタッフと何回もの挨拶を交わした後に運動を開始する。

音楽のリズムに合わせて黙々とマシンを使ってゆく。自分の体に意識を集中する。体を動かしてさえいれば、まず間違いなく、楽しくなる。

二の腕に力こぶができる。腹筋の割れる感じ、跳ぶときのふくらはぎの弾力の感じ、脚を開くときの、いわくいいがたい、もっと開きたいような、急いで閉じたいような、懐かしい体の使い方を思い出す感じなどが、心地よく体を渡ってゆく。

用のないときは毎日でも通う。学校のある日は休む。といっても、九十分の授業を午後に一つか二つ受け持っているだけなので、通勤を含めても、半日で足りるのだが、それが適量である。一日に両方やると、いろいろとコトがまぜこぜになって、疲れる。

ひとつずつ、と決めて以来、しごく順調にコトが運ばれてゆく。

十二台の筋トレマシンをそれぞれ三十秒ずつ、間の三十秒ずつをステップボードで足踏みの有酸素運動、計二十四分で二周すると終わり。

運動中に、体の感じが変化する。老化に慣れた体が、ふと、成長を再開したような、淡いが、そんな感じが生まれる。すると、酔ったような感じになって、束の間、周囲を忘れる。

生きている実感がある。体の中で、老いと成長が交互にのぞく。それが楽しい。

生まれ、成長し、老化し、死ぬ。死んだらまた生まれる。

生死の行ったり来たりを考えるのは、私の趣味のようなものだ。子供のころから、いちばんの興味のまとなので、生物学を好んだり、小説が好きだったりした。今もまだ続いている。

仕上げのストレッチをやりながら、岩村さんが死んだことを思い出し、今までの岩村さんとの奇妙なつきあいを、思い返していた。

ヘンな人だった。お嫁さんも、何となくヘンな人だった。岩村さんと彼女はうまくいっていたのだろうか、とよけいなことまで考えている。私は何となく、岩村さんをモデルにした小説を書いてみたいような気がした。珍しいことだった。

学生に、書きたい気持を抱かせるのが、得意なのだ。何を書きたいか、聞き出すのも得意。うまく書けなくて困っている学生を見ると、昔の自分を見るようで。

昔、自分が欲しかったアドバイスが、学生たちにも効くことがわかって、私は、天職にめぐり合った気分になった。

自分の書いた作品より、学生の書いた作品の方が、好きだ。

子供のころからの夢がかなって小説家になって、これからは書きたいものを書きたいだけ書ける、と思った途端に、書きたいはずだったものが、急にぼやけて、霞のように消えた。がんばって書き、つじつまを合わせ、力でまとめる、というのが小説を書く実感だった。何をこんなにがんばっているのか、と自分でも思った。だが、がんばらないと、小説を書く権利を取り上げられそうな気がした。小説を書く権利って何だ、と、今もふしぎでならない。

だが私がかつて小説家だったから、学生たちは、私の言葉に耳を傾ける。

そのために、私はがんばって小説家になったのだと思うことにしている。

「どうしたの。今日は調子が悪いの?」

ぼんやりそんなことを思っていた私に、ミヤ子さんが背後から声をかけてきた
彼女は八十歳だというが、メンバー一の元気者で、人の変化に敏感すぎてそれをすぐ口に出すのが面倒なところだが、いい人だ。

「とくに悪くはないけど、そう見えます?」

「だってひどい顔色だよ」

「私もお化粧しようかな」

「そんなもの、したら、顔色がわからなくなるから、だめだよ」

「ミヤ子さん、今来たの?」

「何いってんの。あんたの三つ横にずっといたわよ。全然、気がつかなかったでしょ。いつもはすぐ気がつく人なのに、どうしたのかと思ってさ」

「うん。ちょっとね。知り合いに不幸があって、落ち込んでた。でも、長い間、病気だった人だから」

集まりかけていた好奇の目が、その一言で、ちょっと曇って、さっと散る。ミヤ子さんは、ふーん、と軽く唸って、

「若い人?」

と聞いてくれる。

「いいえ」

「じゃ、しょうがないわよ。ちょっと早いか遅いかだけの話なんだから。あたしなんか、今年、もう、三つも葬式があったの。しかも、みんな年下なんだから、いやになっちゃう」

「あら、そうですか」

「そうなのよ」

それで話はすんだ。ミヤ子さんは、私からさっと離れて、別の仲間のそばに行ってストレッチをはじめた。彼女のやわらかな動きに、いつものように、周囲から歓声があがる。ここ以外に柔軟体操教室にも水泳教室にも通っているという彼女の体は、しなやかで、百八十度の開脚を簡単にこなすのである。

私は、彼女のようになりたい、と思っている。なれるわけはないが、理想の姿のひとつだ。

私は、今日のように、よく彼女に助けてもらう。私をいつも見守っていて、必要なときに声をかけてくれる。そんなふうに私に思わせる人だ。

私は、彼女に聞かれると、本当のことを答えてしまう。

彼女には、私が喋りたいと思っていることが、わかるらしい。

彼女にいわなかったら、私は岩村さんの死を、一生、誰にもいわないだろう。

なぜ彼女が私に気をつかってくれるのか。たぶん、ひとつは、私に子供がないことだ。彼女にもない。もうひとつは、私の妹と彼女の妹が、二人とも六十歳で病死したことだ。

その二つの理由で、彼女は、私のことが気になるらしい。

私の妹が急死したのは、去年のことで、そのことで言葉をかわして以来、格段の親近感を示してくれるようになった。

私も、彼女に好意を抱くようになった。

自分の妹の死を赤の他人に根掘り葉掘り聞かれて、はじめは戸惑ったが、すぐに、魔法にかけられたように、すらすらと自分から話しだした。


その日も、突然、彼女が、元気がない、といってきた。彼女の大きな目に見つめられると、ふと、「妹が急に死んじゃって」と、甘えた声が口からもれた。

「病気?」

「そう」

「そんなに急なのは、膵臓ガンか何か?」

「うん」

「じゃ、早いよね。半年くらい?」

「四ヵ月」

「いくつ？」

「六十」

私はずるずると答えていった。妹の死を肉親以外にはじめて喋った。おかしな気分だった。

ミヤ子さんの口調と表情はふだんと変わらなかった。

「私の妹も満六十歳で腺ガンで死んだの。私は、妹の分まで生きてやろうと思って、それから体をきたえなおしたの」

いつの間にか、何人か私を囲むように集まっていた。そしてミヤ子さんと入れ代わると、交代で、自分の体験談を語りだした。ミヤ子さんの仲間たちであった。

「私の九歳下の妹が、先月、交通事故にあって、半身不随になったの」

と、生々しい話をしだした人があった。私は黙って聞いた。

別の人は、こんな話をした。

「私はひろ子という名前なんだけど、自分の名前が嫌いなの。でも、親に聞いたら、近所にすごくじょうぶな女の子がいて、その子の名前がひろ子だったから、その名前をもらったというの。私、本当は三女なのね。でも、上の二人が小さいころに死んだんですって。で、私が死なないようになって、ひろ子になったの。じょうぶなら何でもいいって。おかげで元気です。ねえ、妹さん、なんて名前？」

「ゆふ子」

「珍しいのね。ゆふ子さん。きれいな名前。みず子さんていう、あなたの名前も、珍しいわよね」

「ありがとう」

「でも、名前と寿命は関係ないわよ。私、あなたの名前が素敵だなと前から思っていたものだから、おかしなこといって、ごめんなさいね」

「いいえ。今、妹の名前を口にすることができて、嬉しかったです」

「そんならよかった。ゆふ子さんの名前、私きっと、一生、覚えていそう」

病気で肉親を亡くした人は当たり前のようにたくさんいて、平均年齢六十代の女性たちの集団だから、介護や看病の経験も豊富である。顔の知らない人も声をかけに来てくれる。

「年下の人に先に死なれたら、さびしいわよねえ」

若いスタッフが、運動に戻るように声をかける。皆が去ったあと、最後の仕上げのように、ミヤ子さんが、私にいった言葉が、耳に残っている。

「あんたはいつもにこにこしているからさ。性格が素直すぎるの。みんな、もっとひねくれてるわよ」

性格が素直、とミヤ子さんにいってもらって、嬉しかった。素直に、ほめ言葉と受け取った。素直で良い子とほめられることが多かった子供のころの妹の可愛らしさを思い出した。私は、妹とくらべて、強情でひねくれている、とよく母から叱られた。母だけでなく、まず、ひねくれているといわれるのが普通だった。そういうところから私の小説ははじまっている。

六十五歳にもなって、しかも小説を書くのをやめて十年もたっているのに、こういうことをいいだしたりまじめに書いたりするのは、ばかだとは思う。でも、だから、書いている。さすがに、もう少しだけ書いたら、おわりにしようと考えてはいる。もうすぐ、書きたいことの底が見えそうな気がするのだ。すごく浅いところに底があるようなので、それを確かめたい。

正直なところ、自分では、ずっと、素直な性格だと思ってきた。それを夫に正直にいったことがある。そうしたら、そう思うのが間違っている、と即座に返された。そのことがずっと気にかかっていて、どういうことなのかと考えこんだ。以後、とりあえず、その類の会話を夫としないことに決めた。そしてそのころから、私は、何かを書くことをがんばる気力をなくしていったような気がする。

ずっと、頭の隅に、そう思うのが間違っているって、どういう意味だ、という言葉がちらついて、「思う」こと自体を、ためらう感じになった。私がまじめに考えることは、たいていの人にとって、どうでもいいことだろう。それは私にも見当がつく。

私は、小説に、そういった、どうでもいいことばかりを、がんばって書いてきた。

たぶん、その中心にひそむのは、自分は素直かひねくれているかという、子供じみた課題ではないのか。

そう思うのが間違っている、と声がまた飛んできそうだ。何を考えても、その声が聞こえる。夫には、私の小説がはりぼてであることがばれている。そのくせ夫は、小説を書く私を気に入っているらしいのだ。

小説を書いているときのりりしい顔を見られるのが嬉しい、というヘンなほめ方をする。はげましているつもりらしい。そのりりしい顔の裏側で、私は、間違ったことを考え続けているのだが。

たった一言、素直、とほめてくれたミヤ子さんのことが好きだ。いっしょに暮らしながら私の存在の根本をねこそぎにするような一言をいう夫を、好きとはいえない。人として、私は、夫より、ミヤ子さんのほうが、好きだ。それでもなぜか、夫とは死ぬまでいっしょに暮らす気でいる。

小説と私の関係というようなものがあって、夫は、それに手を出すようなことをしない。

私の小説がはりぼてであっても、それが私の宝であることを認めて、放っておいてくれる。私が何を書いているのか、知ろうとしない。私が書かなくなっても、なぜ書かないのか、聞こうとしない。

小説を書く私を、警戒しない。

私が書いているときも書いていないときも、家をあけて、私の書く時間を、いつも確保してくれている。今書かなくても、いつか書くかもしれないので。

ミヤ子さんは、私が小説家であったことを知らない。こちらから話す気もない。ミヤ子さんの生活と精神に、私は、たぶん、何の影響も及ぼしていない。でもともかく、私はきっと一生ミヤ子さんのことを好きでいるだろう。

そして一生、夫の一言にへこみ続けるに違いない。私はこの後も、間違っている、と夫がいいそうなことを、言ったりやったりするに決まっている。

私は、小説を書く私を嫌わない夫のことが好きなので、あとはなりゆきにまかせればよいと思っている。

私がこんなばかみたいなことをまじめに考えていることも、案外、夫も、想像はついていそうな気がする。

ミヤ子さんを好きという気持と、夫を好きという気持は、どちらが大事か。

こんなことで悩むのは、たしかに、悩むこと自体が間違っている。

だが、私は、そういうことを面白がるタチなのだ。いきあたりばったりの、線香花火のようなチカチカした感情が、私を生き生きさせる。

岩村さんのことに話を戻す。もともと岩村さんとの、奇妙な人間関係を、書くつもりだった。教室のあるビルを出た途端に、岩村さんの顔が目に浮かぶ。

ミヤ子さんと岩村さんは、顔のごつい感じが何となく似ている。岩村さんは大柄でミヤ子さんはどちらかといえば小柄だが、体全体の肉付きとか手足のバランス、肩のいかり具合なども、そっくりである。

性格はずいぶん違う。ミヤ子さんは人なつこく、声が大きく、よく笑う。岩村さんは、極端といっていいほどの、人嫌いだった。めったに笑わないし、喋らなかった。

私はミヤ子さんと接しているとき、いつも、岩村さんのことも漠然と重ねている自分を感じていた。命の陽と陰といったような雰囲気のちがいがあった。

ミヤ子さんが私の元気の源なら、岩村さんと私は十年来の病気仲間だった。

昨秋を最後に、この半年ほど、岩村さんを見かけていなかった。マンション近くを一人で杖をつきながら歩いている姿を、偶然、遠くから見た。体力の衰えた老人の歩き方だった。苦しげではあったが、まだ自力で外出できているのだと、軽い安堵の気持で見送ったのだが、あれから日をおかずに亡くなったのだろう。

岩村さんと私は、今から十年前の六月と八月、同じ病気で同じ病院の同じ医師の手術を受けた。彼女が先で、私が後だった。婦人科の腫瘍除去手術である。

あまり大きくない同じマンションの同じフロアに住んでいるので、互いに顔は見知っていた。岩村さん夫妻も私の主人も新築当時からの住人だった。私は築五年あたりに、結婚し、住みはじめた。四室ずつ向かい合っているうちの、いちばん遠く離れた両端の二戸だが、わずか徒歩十歩の距離である。

彼女が先に入院していることは知らなかった。入院したばかりの私を彼女が見つけて、ベッドの枕元へやってくると、

「私のこと、知ってます？」

といったのだ。

知り合いを見つけて喜んで挨拶に来た様子ではない。私は、感じのよくない視線で見下ろされて、威嚇されていることがわかった。

「同じマンションの方ですよね？」

「病院の外では、お互いに知らないということにしましょうね」

「はい？」

「あなた、前々から新聞なんかにもいろいろ書いているでしょ。病気のことを近所に知られたり、詮索されたりしたくないの。わかるでしょ？」

彼女は私に警告しに来たのだ。

私は、自分の職業のことを誰にも知らせたことはないが、顔写真が出たり、みず子という本名が珍しかったりするので、マンションの一人か二人に、そう言われて、知られているらしいことは気づいていた
岩村さんは、その人々とは違う。病室ではじめて言葉をかわしたのだ。

何度かすれちがったことはあるが、目があわず、挨拶の機会がなかった。私も人づきあいは悪い。岩村さんは私以上の人嫌いらしかった。この人は苦手、と私の頭のなかにはそうインプットされて、私も彼女を無視するようになっていた。

「お望みのように」

私は目を見てそういった。岩村さんも私の目を避けず頷いた。

「約束ね」

そのとき、岩村さんがふっと笑みを浮かべた。笑みは一瞬で消えたが、私も笑みを返した。

手術がすんで退院して、頻繁に診察に通いながら、念のための化学療法を受けたりした。私

は順調に回復したが、岩村さんは、かなりてこずっている様子だった。

退院したらお互いに知らぬふりをするという約束は、岩村さんが先に破った。マンションのエレベーターや近所の路上で出会うと、周囲に知人がいなければ、体調を伝え合う仲になった。

年齢は、岩村さんが二十歳近く上である。何度も治療を重ねた末、ある日、岩村さんは、路上で出会ったとき、足をとめて、にっこり笑い、

「治った、といわれた」と私にいった。

私は、気がつくと、岩村さんに抱きつき、涙を流していた。

手術から七、八年が過ぎていた。

「今でも、信じられない」

岩村さんの目にも涙が光っていた。

手術を受けたとき、彼女は七十三歳だった。満八十歳で、やっとガン細胞が全部消えたのだから、丸七年かかったのだ。

私の方は、岩村さんと同じ状態になるのに半年ですんでいた。定期的に診察を受けて、そのたびに、再発の心配をすることはするが、診察と診察の間隔がだんだん延びて、最終的には半年に一度でよくなり、十年がすぎれば、卒業、といわれていた。

しかし、一年後に、再発した、と私は本人から伝えられた。そして訊ねられた。

「あなたはどんな具合なの？」

「私は、不死身だから。岩村さんの年までは、頑張る。だから長生きして」

「しょうがないから頑張るわよ。頑張るしかないもの。今までだって、頑張ったんだけどね」

「もっと頑張って」

「わかったわよ」

その後、岩村さんが入院した様子はなく、今までどおり、たまに出会ったが、会話は少なくなっていった。岩村さんが私を無視する回数も増えた。もとの偏屈な岩村さんに戻ったようだった。

岩村さんにかけた私の言葉の多くは、急場しのぎの、内容のともなわない、できの悪いものだった。

岩村さんがいなくなって、私は体の半分がからっぽになったような気がする。


マンションに戻って、岩村さんの部屋の前を通るとき、表札を見ると、もとのままの岩村さんのご主人の名前がそのまま残っていた。ドアはしまっている。

ご主人は、岩村さんが再発したあとで亡くなったことになるが、何の病気だったか、どんな人だったかも私は知らない。

部屋に戻ってキーボードの前にすわり、岩村さんのことを考え、ミヤ子さんのことを考え、妹のことを思い出し、誰がいちばん、私の心を乱したか、考えてみる。ばか、とつぶやく。ばかという言葉が火花のように頭の中に広がり、私の考えることを隠してゆく。

気合

物心ついたころから謎を感じていた。自分がこの世の中に生きていること。生まれる前は自分はどこにもいなかったこと。死んだあとはまたどこにもいなくなること。そういうことが謎だった。この世の中とは何か。自分とは何か。それも謎だった。67年生きた後の今も、謎のままだ。

自分がいる。家族がいる。そのほか無数の人々がいる。その人々の心の中も頭の中もわからない。自分の心と頭の中も、どうなっているのか、さっぱりわからない。

頼りは言葉と文字だった。私は、ひどく自己中心的で、人の心に鈍感な、ものわかりの悪い馬鹿者だった。

自分の気持だけはわかった。私はいつも何かを強く願っていたが、なぜそんなに強く願うのかがわからず、また、願いもかなわないので、いつも困っていた。それで、そのことばかり考えていたら、いつのまにか文章を書くようになり、30代のころ、小説家というものになってはいた。はじめは命のことを知りたいと思って生物学を勉強しはじめたのだが、だんだん迷路にはまってそういう結果になった。

少しも何かがわかったような気にはならなかったが、でも、いる場所ができた気がして嬉しかった。

小説家になった直後、ある日突然、結婚しようと思い、38歳のとき、結婚した。生まれてはじめて、その人の考えたり感じたりしていることが手にとるようにわかったからだ。同時に、自分のことも相手に見透かされているような気がした。それがいやではなかった。なぜわかるのか、とあとになって聞いたら、「とてもわかりやすいから。見たまんま」と苦笑とともにシンプルな答えが返ってきた。ふしぎなことに、相手の親や近親の人たちも私にはとてもわかりやすかった。

とても長い間、私は、自分の親をはじめとする肉親の人たちや、学校の教師や、ふつうにいう近隣の人々の心や多くの知人たちの心がまるでわからなかったので、本当に、驚いた。

どういうことなのだろう？

そういう疑問を夫に投げかけると、夫から、興味がなかっただけじゃないの？　という答えが戻ってきた。

知ろうとしなかったし、人に伝えようともしなかっただけだよ。

そうだったのかもしれない。私が本当に知りたいと思ったはじめての人間が夫だったのかも。

ふしぎなのは、結婚してからは、夫とその家族以外の、とくにどうということのない関係の相手であっても、自然に、好感を抱ける人が急に増えた。私という人間の解析の構造が結婚によって改造されたのだろうか。

そう、私自身の親やきょうだいの人となりも、今までより理解できるようになっていたので、びっくりした。もとの私やもとの家族は揃ってとても人見知りをするタイプであったことがやっとわかった。

50代になると、ほとんど小説を書かなくなった。体力がなくなったためだ。親たちを看取る間に体力を消耗した。ひとつ小説を書くと代償のように病気をした。

非常勤講師としていくつかの大学で小説創作講座を受け持っている。私には楽しい仕事だ。が、時々ショックを受ける。

ごく最近、となりの席で同僚が、「私は結局、一度も死のうと思わなかった。そういう人間なんだなと思う」と、急にいい出した。その人は私が以前小説家だったことを知っていて、作品の内容も知っている。そういって私を見た。「でも、あなたは、そういうことがあったのじゃない？」

唐突だったが、たまに何かを思い出してそんな類の言葉を口にする親しい間柄だったので、私も、何の警戒もせずに、笑いながら、「はい。ありました」と軽く答えた。「そうでしょう。やっぱり」「大学生のときに。22歳でした」「文章を書くような人は、どうしても、そういうことになるのかしらね」

「本気じゃなかったとは思うけど。本気なら失敗しなかったでしょうから」

60歳を超えた二人がそんな話をしているそばで、非常勤講師仲間の若い女性がびっくりしたような顔をこちらに向けている。進路のことで悩み続けている人だ。彼女は、いつも人生の成功者として私と私の話し相手の二人を羨んでいる。彼女に聞かせるためにわざとそんな話題を持ちかけたのにちがいない。

笑い話としての価値はある。

軽く喋って笑ったあとで、本当の記憶をひそかに思い出す。45年も前のことだから、正確には思い出せない。覚えている部分の半分以上は嘘。私は嘘つきだから。細かいところは正直だけど、大きな大事なところでは必ず嘘をつく。本当のことは死んでもいわない、とかたくなに私の心は思っている。私の心、は、私のなかに住む宇宙人のようで、存在の根底でありながら、私の手に届かない。心を除いた体だけが本物の私という実感がある。私は、体が本体であるような気分で日々を生きてきたと思う。空腹を感じれば食べ、空腹でなくても、食事の時間になれば食べ、眠くなれば寝て、必要なことをやる。体が元気か元気でないか、私は日々気にかける。心のことは、できるだけ気にしないように心がけている。それは多分心が私の体にそう指令を出しているからだと思う。私はつねに、心の指令にしたがっている。

心は秘密の場所だという認識がある。自分の思うようにならないものだから。夫の心の奥にも秘密がある。それはしまっておけるもので、あえて表に出す必要のないものだ。たとえば、動物なら持つ、獲物を殺して食べるという本能のようなもの。生きてゆく上で、他人のことなど構っていられないというような部分。本当はやっぱり世の中の大半の人間は嫌い、と思っているような部分。

最近、そのへんの自分のあいまいな気持をきれいに整理できるような言葉と出会った。

「気合です。自分はすべてが気合だと思ってます」

総合格闘技の選手で、試合で負った怪我が痛むかと訊ねたときに返ってきた言葉だ。

痛いけど痛くないような顔をしてやりすごす、という意味だな、と私は思って、それが気に入り、それから、何かちょっとした困難に出会うたび「気合」と自分にいう癖がついた。すると強くなったような気がして、景気がいい。

気合という言葉は、自然に私の頭のなかにしみてきた。その言葉の意味は私にもわかる、同じではないがそれに似たような言葉を何か、生きるために自分でも使ってみたことがある、と感じた。覚悟、という言葉を私はそれまでよく使ったが、以後、気合に入れ替えようと思う。覚悟は、力が固まる。気合は、力が満ちる。二つの言葉の印象として、防御と攻撃の違いがある。私がそう感じるだけだが、そのことが大事だという気がする。

私は生きている。日々そんな実感を抱く。自分は生き物である、という感覚。生き物なのだから、いつまでも同じ調子でい続けることはなく、たえず変化している。現時点での自分というものは、車窓の風景のように、絶えず、変質する。成長し、老化し、突然変異する。そんなことを実感するひまもなく、時は私を変えながら過ぎてゆく。心変わりなどするものかと思っても、いつのまにか、その決心をしたときとは違う自分が、違うことを思っている。それなのに、うっかりすると、以前のままの変わらぬ自分でいるような錯覚を抱いていたりする。

昔の自分の断片を覚えている。自分の心の記憶も断片ではあるが、鮮明に甦る瞬間がある。赤ん坊のころ、頭上からのぞきこんで自分をじっと見つめる親の顔を、無感動に見つめ返している自分を思い出したりすることがある。親に激しく叱られながら、明日もこの親は私を叱るのだろうと他人事のように考えている自分もいる。そんな、投げやりな場面ばかりである。

そんなことを思い出すようになったのは、ごく最近のことだ。年をとって、急速に体が衰えはじめた。生きる力が弱くなってきたのを感じた。そのころから、無理やりのように、「自分は生きている」と、強く思うようになった。

この3月半ば、足に力が入らず、歩くのが困難になったので、私は、知人を頼って、近所のジムに通いだした。そのジム所属のトレーナーの評判が高く、運動療法で、歩けなかった人が歩けるようになったという話を聞いていたからだ。私のような世代の女性が病気やけがではなく老化で急に歩けなくなる例が少なくないことも知ってはいた。以前、ガンと診断されたときと同じように、今回も、人並にガタが来たと思った。

3月のはじめに、実の母親が91歳で死んだばかりだった。その3年前の同じ3月に実の妹が60歳で死んでいる。

私もいずれは、と思う。前回は内臓にダメージがきたが今回は構造そのものにダメージが生じた、と思った。私は体の不自由な老人になった、と感じた。いったんそんな気分になると、親たちの、死ぬまでにどんどん元気をなくしてゆく様子が思い出された。私の観察によれば、親たちは、二人とも、年をとることをいやがっていた。死ぬことをこわがっていた。死にたい、と呟くようになり、死の2、3年前ころになると、反対に、死にたくない、と呟き声の内容が変わった。先に死んだ父がそうだったが、11年後に死んだ母も父の死に方を覚えていて真似するように、同じことを言って死んでいった。子供なんか生まなければよかったとか、100歳まで生きるからよろしくとか。本当に死の訪れる直前には、意味のあることは何もいわなくなった。

私は67歳である。夫はひとつ上の68歳。そんなに年寄だという印象の年齢ではない。しかし、その年代の平均的な健康状態はどのようなものかということは、案外わかりにくいものだ。自分が平均からどのくらいのところにいるのかも、実際、よくわからない。毎年のように人間ドックを受けて、その診断結果を、実年齢より何歳若いとかいわれるのはいいが、同じ年代の骨量平均の101パーセントだが低すぎるので治療を受けるようにいわれたりすると不審を感じる。

平均ということを考えて生きてこなかったので、平均とか普通とかいう感覚も鈍い。

年とって、現役を離れ、社会的に老人と分類されて、はじめて、生物としての平均的寿命や能力を社会的に問題視される。びっくりしてしまう。どのくらい社会に負担をかけるのか、と計算される立場になったということなのだろうが。

満6歳になったから小学校に入学するようにいわれたときも何だかふしぎな気がしたのをはっきり覚えているが、65歳になったら老人になったと通告されたときも、びっくりした。


出かけていったジムで、評判の青年トレーナーに会い、彼の指導のもとでたった30分の運動を一回やったら、私の体が即効で元気を取り戻したときには、もっとびっくりした。はるかな時を遡って、子供のころの体の身軽な感覚が甦ったほどである。

こんなにくたくたに疲れているのに、なぜ、こんなに元気なんだろう?

放心状態で私が一言つぶやくと、その青年トレーナーは、「血流がアップしたからでしょう」とこともなげにつぶやき返した。

「速筋はだめだけど遅筋は年齢に関係なくきたえられるんで、こつこつやっていきましょう」

礼をいって帰る道、足腰は重いままだったが、歩くのに苦労はしなかった。足がためらいなくすっと前に出た。痛みも少なかった。

それから数日間、私は爽快な気分ですごした。その後は私の気分と足はまた元の老人に戻ったが、一週間後に同じレッスンを受けると、また魔法にかかったように若い体を取り戻した。

私の足はなおりますか、と2回目に厚かましく訊ねてみた。すると、青年トレーナーは、「だいじょうぶです。それほど時間がかからずにすむと思いますよ。早めに来てくれて、よかったです」

と、軽く笑顔を見せて答えた。

彼の頭髪は渋い金色にそまっている。体はいかつく引き締まって、岩のようにどっしりしている。体じゅうに、子供がつくるようなあざや擦り傷がある。そういう外見に妙に似合う柔らかな笑顔が見る者を引きつける。私はあっという間に彼を信頼した。

あとで知ってみると、彼は格闘技の現役選手で、連勝中でもあるそうだった。

私が通うようになって間もなく、彼の試合があった。左手に包帯を巻いて帰ってきたが、試合は勝ったということだった。痛いですか、と私が聞くと、彼は少し黙って考える様子を見せたあと、「気合です」と静かに答えた。痛いのだな、とわかるように答えてくれたのだな、と私は思った。私、というか、彼のレッスンを受けている私たちは皆、どこかしらが痛くてここに来ている。年をとれば、たいていの人は体のどこかに痛みが出てくる。運動中でもストレッチ中でも、誰彼の口から痛いという声が飛び出す。

包帯でくるまれた右手の骨のどこかが折れている。2週間すると、「骨が生えてきました。運動しているんで、子供並の速さで治っているそうです」と彼から皆に報告があった。また2週間すると包帯がとれた。右手の中指がくの字に折れ曲がっていた。機能回復のために1、2

ヵ月かかるそうだった。

私の腰や足の痛みもその間に1、2割に減った感じだった。

私の春休みも終わり、月火水と学校に出るようになると、ジムに通える日が減った。レッスンは火水木金なので、木金しか行けない。

トレーナーに相談すると、週に1度か2度でも大丈夫ということだったので、続けることにした。また3ヵ月たてば夏休みになる。3ヵ月たったらまた毎日来る、といったら、それはいい、と喜んでくれた。

先生と呼ぶこともふくめて、子供に戻ったような気分で楽しかった。彼は本当に先生で、聞けば何でもわかりやすく教えてくれた。私も、大学生に小説を書かせる、という説明のしにくい仕事をしているので、じっと彼の言葉に耳を傾け、表情や手本の動きに見入ってしまうこともよくあった。いつでもていねいで楽しそうで、気分のムラや粗暴な態度は気配も見せない。生徒たちのムラ気やつぶやきの声に敏感で、上手にはげます。

いい人に出会えた。私もたまに学生から、先生に出会えてよかった、といってもらえることがあるが、本当に私のほうもそういう学生に出会うために、学校で待ち伏せているような気がしてくることがある。ある時期からだんだんと小説家そのものより、学生に書かせることのほうが天職と思えるようになっている。いつか、そんな話を彼としてみたいけれども。

いろいろなことを考えた末、私は新学期がはじまる前、春休み中の最後のレッスンを受けた直後、35年の間、お守りがわりに大事に隠しもっていた少量の毒薬を捨てた。捨てる決心をしたあとに出して見たら、変質していて、どうやら毒成分は揮発して失われてしまっていたようだった。それでも細心の注意をして危険のないように廃棄したあとは、しばらくの間、それに関したニュースが流れないか気にしてすごした。

いつでも、好きなときに死ねるように、大事にしていたものだった。でも、自分だけ、そういう手段を隠し持っているのはとても卑怯なことだと、もちはじめた直後から、重荷に感じてはいた。結婚したあと、夫に、自分はそういうものをもっている、と明かしたことがある。夫は、そう、といっただけで、何も聞かず、いわず、あとになって気にしている様子もなかった。あれ、捨てたから、と、一応、いってみた。また、そう、といって、それきりだった。そういう相手と私は結婚したのだと思った。死ぬときはもう皆と同じように自分も苦しむ。どうせ今までだって使いたいと思ったときに手元にあったためしはないのだ。今まで卑怯なことをしてすみませんでしたと独り言でしかないが世の中の全部の人にあやまったつもり。

死ぬときぐらいは自分の力で、と思ったのは、小さな子供のときからで、ずっとそのことから気持が自由にならなかった。いやなことから逃れるにはそれしか手段がない。いやなことからは逃げたいのだ。

大学生のとき、親友が病死したので、私は、生きていたくないと思った。単純なことだ。それで、下宿でよくわからない薬を買って飲み、苦しんで騒いだあげく、病院にかつぎこまれて、薬を吐きださせられた。最低だ。しかし誰も私を責めなかった。死ななかったのでよかった、ということのようだった。誰も私に興味がなかったのだろう。人の心は謎だ。

私は結婚した。夫は一日じゅうでも私を面白そうに観察し、ひっきりなしに話しかける。私はたぶん結婚した一ヵ月でこれまで喋ってきた言葉の総量よりも多く喋ったに違いない。そのうち私も喋ることにも聞くことにも慣れ、夫を通して人々に興味を持つようになり、だんだんと、いろいろな人を好きになっていった。

私は今でも小説を読むことは読む。ただ、書かない。書けない。

この文章も小説とはいえない。人を楽しませるフィクションではないから。私はこういう文章をずっと書きたかったのだと思って書いている。読んでくれる人がいるかどうかはわからないが、もし読んでくれる人がいたら、その人のために書きたい。

正直にいえば読者を想定して書いてはいる。私の学生たちの、小説を書きたいという気持に向けて書いているつもりではある。口でいうより文章で書いたほうが伝わるような気がしている。私の学生たちというのは、大学で小説の書き方を知ることができるかもしれないと思って入学してきて、実際に小説を書くという行動を起こした人たちのことだ。私は彼らがなぜ、何を書きたいのか、想像しながら、彼らの、未熟な、まとまりの悪い作品とつきあうのが楽しい。私自身の若いころと誰もがそんなにちがわない。大事なのは、書くことだ。作品を仕上げるとかうまく面白く書くとかいうレベルまでいたらない、ただ、なぜこんなにも書きたいのか、何を書いたら満足するのか、ということを考え続けることで終始する。

小説を書くのは特別なことではなくて、ふつうの人間がふつうに思うことから生まれるものだと思う。ふつうの人間はふつうに年をとると、ふつうに足腰が痛くなる。

老人の衰えた遅筋をきたえなおす仕事を選ぶ、筋骨隆々の健康な青年がいる。はじめて出会ったような気がしない、昔から知っているような、懐かしい笑顔で私の言葉に熱心に耳を傾けてくれる、命の固まりのような29歳の青年に、67歳の私は恋をしている。彼が何を考えているか感じているかまったくわからないというのに。

春は来た

「あのう、先生。相談したいことが……」

今年の一月、今年度の最終授業終了直後に、一人の学生が教卓に寄ってきて、あてどのないような視線を私に向けながら、「小説を書くのに、物語を思いつかない時は、どうすればいいのか……」と質問し、やはり来たか、と私は思った。その学生は、後期の半年間、私の担当する小説創作講座を一日も休まずに出席し、欠かさず課題作品を提出し、私は最高点をつけた。

彼女は、いつも不安そうにしている。なかなか書き出せない。そしてタイムリミットが迫ると、何も書けないがどうしたらいいだろう、と相談にくる。そのたびに私は、その場しのぎの思いつきを口にする。するとふしぎに彼女は、席に戻ると何かをゆっくりと書きはじめ、ぎりぎりの時間に提出する。

その文章に、なぜか私はいつも胸を打たれる。

無口な人が懸命に何かを話そうとしている必死な気配が響いてくるのだ。

私は、彼女の下宿の窓から見える風景を書かせたり、化粧のやり方を書かせたりする。景色を書いても、一日の日記を書いても、切実さばかりが表立つ。

「私は、風景をちゃんと見たことがなかったみたいです。これからは、景色を見るようにします」

「化粧って、したことがなくて。どうすれば化粧をするようになるのか……考えてみたことがなかった。これから考えてみます」

そういうむずかしい学生だった。でも、昔の私にも似たようなところがあったことを、彼女と向き合うたびに思い出して、私はため息をついた。私が小説を書くことで何とか生きてこれたように、彼女も小説にすがって生きてゆくことはできないものだろうか。

私だったら、どんな答えを欲しがったか、考える。誰かにそういう質問をしようと思ったことは一度もなかったが。質問できる相手も近くにはいなかった。私は農学部の植物防疫科の学生だったのに小説のことばかり考えて暮らしていたから。なぜ農学部に入学したか。技術職に就いて、余った時間で小説を書こうと人生の計画をたてたからだ。自分はたぶん一生の間売れない小説を書き続けることをやめないだろう。それならきちんとした仕事を見つけないと。

私はそんなふうに自分の進路を決めた。

なぜ小説なのかわからない。でも物心ついたときにはそういう状態になっていて、ほかのことに気がまわらなかった。小説の中で私は自分の抱えている問題を考える習慣がついた。疑問は疑問を呼び、いつまでも解決することはない。

「小説を書きたいのに物語を思いつかないというテーマで書いてみる？　主人公はあなた」

「え？　それは、どういう……」

「毎日、小説を書きたくても書けずに困って、結局は全然書かずに日を送っている主人公の話。小説が書けないと、どうして困るんだろう？　物語って何だろう、とか。そういうの、私は読みたい」

小説が書けないと、生きている気がしない。どうしてそうなのかはわからない、たぶん彼女もそういう人間の一人なんだろう。

小説の書き方も知らないのに。私は喋ってみる。彼女の目がゆっくりと開いて光をためはじめるのを、私はじっと見つめる。彼女は書きはじめるだろうか？　そう思っていると、彼女はかすかに笑みを浮かべて言った。

「あの。こんな人間でも、来年の卒業論文、先生のクラスに行って大丈夫ですか？」

一年かけて、小説を書く。その作品が卒業論文になる。そういうシンプルなクラスだ。

「もちろん、大丈夫。歓迎します」

彼女の自信のなさそうな目を見ながら私は自分の目に自信をこめて答える。私も昔誰かにそう言ってもらいたかったように。大丈夫、あなたはこれからちょうど十年後に小説家としてデビューするから。地味で売れない作家になるけど、でも、またその二十年後には、たくさんの作家志望の学生たちが、あなたのところに集まってくる。だから今は命をかけて、書きたい小説を書きなさいよ。今は書きたい小説が何かさえわかっていないだろうけど。それがわかるのは三十年後。いつ書けるのかは、たぶん、死ぬまでわからない。書くのをやめたり、また突然書き出したり、一生そんな不安定な生活が続くよ。

もし私が二十歳のときにそんなことをいわれたら、私は信じなかっただろうけど。その学生の未来も今の私にはまるで見えないけど。でも、私は彼女に重ねていう。

「書くだけのクラスだから、好きなだけ書いて下さい」

「もし書けなかったら?」

学生が問いかける。

書けなかったら書けないままだよ。そんなあたりまえのこと、きかないでよ。

「先生が、書けるようにしてあげます」

私は嘘をつく。

「ほんとですか」

「ほんと」

嘘。

どうせ勝手に書くようになる。

「だから、来年、必ず来てね」

「はい」

「約束した。待ってる」

来れば、二人で小説を書く。きっと、彼女の書く姿を見れば、私も書きたくなる。これまでそうだったように。そのことは彼女には秘密だけど。

どうしてかわからないけど、世の中には結構な比率で、書かないと生きている気がしないタイプの人間がいる。私自身、毎年一五〇人くらいの小説家志望の学生と新しく出会う。そのうちの五人くらいが、小説家になれないなら生きていたくないと思っている。

小説家になれなくても生きてゆくけど、でもいつまでも、小説を書きたい欲求は消えない。たぶん彼女も私もそうだ。私だって、デビューできたのは奇跡的なことだ。たった一人の文芸評論家がたまたま私の書いたものを読んで、現代の新しい感性の持ち主だと新聞に書いてくれた。その影響で私は自然に格上げされて、書き続けることができた。新人賞に洩れて、そのまま消えるはずだったのに。

その評論家は、私が書きたいことをいつもぴったりと読みとってくれた。その評論家と何度か会い、少しずつ話をした。あまり言葉を費やさなくても、ふしぎなくらいに話が通じた。

その評論家は、私を友達と公言してくれた。男でも女でもどちらでもいいんだ、気が合うんだよ。そういってくれた。私もそう感じる。

私の夫が明かりについての文章を集めた趣味の本を出版したとき、読んでもらった。自分はこういうものを書く人と結婚している、と知らせたかったからだ。その評論家は、すごく感じがいい、僕にはちょうどいい。こういうことを書く人は、いいな。そういってくれて、すごく嬉しかった。自分の結婚に安心もした。

私も学生たちの誰かにとって、私にとってのその評論家のようになりたい。

一人と一人の出会いが新しく世界をつくる。

来年、彼女が私のクラスに来て、小説を書けば、二人の一生の記憶に残る。その作品を誰かが読んで、その新しい人もまた小説を書きたくなるかもしれない。彼女と友達になれるかもしれないし。

そういうことがずっと続けばいい。

私の大事な恩人である評論家に、感じがいいといってもらった私の夫は、私の作品を読んだことがない。私が、読まないように頼んだからだ。夫が読んで楽しくなるような小説を私は書かない。小説以外のことで夫は私を判断する。私は夫を判断しない。私と三十年も暮らし続けている、という一点だけで、私は夫のすべてを受け入れる。

君は変な奴だよ。夫は目を細めていう。私はいい返す。私は変ではない。ふつう。

夫はひきさがらない。ふつう？　それはちがう。ふつうの人はバッグやサイフを何度も置き忘れたりしない。

そうなの？

そうだよ。バッグやサイフを大事なものだと君は思っていない。

思ってるよ。

嘘だね。

でもなくしたことはない。

私はたしかにいろいろなものをどこかに置いてきてしまうが、あとでいつも無事に私のもとに戻ってくる。

それも変なんだよなあ。そんなのはただの偶然にすぎない。これまでの君がたまたま信じがたい強運に恵まれていただけの話だ。これからもそれが続くとは思えない。

私のくじ運の悪さを知ってるでしょう。私はいつも凶をひいてあなたはいつも大吉をひくじゃないの。

君は凶をひいても、危機感がなくても、大きな失敗をしないし、僕は大吉をひいて、注意深くしていても、しょっちゅう、失敗する。

だから何なの。

なんでもないけど、だから気をつけてくれ。

私はものすごく気をつけて暮らしているわよ。

嘘つき。

だいたい夫のいうとおりだ。私は嘘つきだし、夫は気配りの行き届く人だ。ただ夫自身が気がついていないことがある。夫は妙にタイミング悪く気を抜くのだ。見ていてハラハラする。小さなケガやトラブルもそのときに起こる。でも私はそのことを夫にいわない。私は嘘つきだし、めんどくさい。私自身気をつけていてもバッグやサイフが何より大事だという認識そのものを、つい忘れがちだ。だが、私が忘れものをするのは夫と一緒にいるときに限っている。私は夫に気をとられてしまうのだ。バッグよりも夫が大事なのだ。そんなことも夫にはいわない。

この夫婦も友達か仲間みたいなものだ。二人でいればさびしくない。二人でいる間は私の頭の中から小説のことは消えている。夫が好奇心旺盛なので、私の好奇心は夫の好奇心に向かう。

夫はよく喋る。私はしょっちゅう意見を聞かれる。夫はいろいろなものを私に見せたがる。私が面白がりそうなことを次々にさがしてくる。

私たちは、私が小説家になって十年もたってから結婚したので、はじめから夫は私の執筆時間を優先してくれた。私がめったに書かなくなってからも、いつ書きたくなるかわからないという理由で、私専用の時間は常に確保された状態にある。夫はさっさと外出してしまい、夕方、暗くなるまで帰宅しない。夫も自分専用の時間を確保している。

でも、いざ私が執筆に夢中になりすぎると、私は人が変わったように鬼の形相で夫を見るらしく、夫は、忍耐を切らして、悲しみに打ちひしがれた態度をとる。

長年の葛藤の末に、私は私のつまらない小説の制作よりも、夫との楽しい暮らしを優先させるようになっていった。

私の書く小説はほんとうにろくでもない。誰も幸福にしない。夫が読んだら、一緒に暮らせなくなるような暗いことばかり書いている。それが私の書きたいことである。私の小説の中に夫の居場所はない。私は夫と出会う前から小説を書いていたから。

最初、夫は、小説を書く私を好きになったから。

夫と私は、私が別の男との別れ話に手を焼いている最中に、つきあうようになった。夫と出会ったから、そういうトラブルがはじまった。出会わなければ、そのまま私は腐れ縁を引きずって暮らし続けたかもしれない。

誰にも知られたくないし、思い出したくもないので、内容ははしょる。で、結果は幸いなことに、私はその後、今の夫と長く結婚生活を続けることができた。夫との関係は、仲間というか友達というか恩人というか。

私はいつも夫に恩義を感じている。

私は夫を自分の小説の中にひきずりこみたくない。別世界の人でいてほしい。

私は、小説の中で、誰かを幸せにしたいとか、思ったことがない。

小説外の現実の世界では、私はほとんど何も考えない。夫のいうとおり、書類とかサイフとか、買い物とか掃除とか、めんどくさいと思っている。

そして、ふと頭のなかで思いついた小さなことを、忘れまいと必死になって、紙に書きつけることを最優先してしまう。書き終えてしまえば、その紙も、すぐどこかにやってしまう。

夫が私が小説を書くのを邪魔するなんて思ってないけど、でも夫がいる場所では小説を書けない。自分のしていることがうしろめたいのだと思う。でも、なぜ、そうなのか納得もできていない。小説を書く私を夫は好きだという。私の書く小説を読まないのに。私が読んでほしくないといったからだが、なぜそうなのか夫は知ろうとしない。夫に読まれるとわかっていたら私は書かない。小説を書くとき、私の頭の中には夫はいない。結婚したら書けなくなるだろう、と前から思っていた。結婚するとき、夫も、そのことを心配して、別居結婚にする？　と聞いてきた。

やってみて、だめだったら、そのとき考える。そう私は返事した。書けなくてもいいと、いつからか思うようになった。

私のことを、本能だけで生きている動物だと、夫は時々いう。考えることをしない、という。夫は、結婚するとき、結婚するなら離婚はしないと決めている、と私にいった。現実の夫は、私の見る限り、何かを決めても、途中でしばしば簡単に進路を変更する。変更したあとで、その方がいいと思ったんだよ、といいわけする。いいわけしなくても、夫の変更はたいがい正しい。

私はいつも突然決める。考えなくても決まってしまう。結婚したのも、夫が夫のように見えたからというだけの理由だ。

どういうんだろう。私たちに、恋人だった時期はなかった。私は前の男と別れるために今の夫にかくまってもらった。そのまま居ついたのだ。

結婚してからは離婚を考えたことはなかった。でもある日突然離婚すると決めるかもしれないという不安はある。どんなきっかけでそうなるか、きっかけもないままか、何も想像はつかないけど。突然結婚したから突然離婚するかも、と思うだけだ。前の男とは結婚を考えたことはなかったし、別れる予感もなかった。

　ほんとうに動物的だ。


　十年前、私は仕事を変えた。書くことをやめ、学校に出て学生に教える仕事をはじめた。書くのが急にいやになったときに折よく作家仲間が学校に誘ってくれた。教えるようになると書けなくなるよ、といわれたが、すでに書けなくなっていたので問題はなかった。

　以来、私たちは二人とも幸福になった。私は、小説を書かなくても楽しく生きていけることがわかった。書かなくていいのは楽で嬉しかった。

　自由にやってよいという許可を得て創作の講座を受け持った。その講座に、昔の自分に似た大勢の学生がやってきた。あまりに多いのでびっくりした。私は特別おかしな人間というわけではなかったことがわかって、ヘンな気分だった。若かったころは、自分に似た人とは全然出会わなかった。時代も変わったのだろうが、毎年百人以上が私のクラスに集まってくるのは、やはり、ヘンだ。まさかとは思うけど、この比率からすると日本人の一割くらいは小説家志望なのか？

　でも、この仕事は楽しい。何年続けても飽きない。みんな、違う作品を書くからだ。何も教えなくても、勝手に書くし。

あと十年かそこらで、私の人生の幕はとじる。私は今や学生たちの祖母の年齢になって、体も頭も衰えてきた。学校勤めを続けられるのはあと二、三年だろう。このままこつこつとこの幸福な生活を続けて、寿命がきたらおとなしく死にたい。

そう思っていたけど、最近になって、まさかの変事が生じた。

私は一人の青年に恋をした。

予想外の出来事で、自分でもわけがわからず、動転している。

で、こんなことになって初めて気がついたのだが、これは私にとって、どうやら初恋といえるものなのだった。

うまく説明できない。私はまだ今でも慌てている。

もちろん、今のところ片思いだけど、心配なのは、自分がどんな行動に出るのか、見当がつかないことだ。私はめったに人とトラブルを起こさないが、起こすときは、考えるより先に、体が動いてしまう。理性も打算も追いつかない。

夫との出会いもそんなふうだった。でも、その後は三十年も平和に暮らしてきた。私は六十八歳になった。今何か場面が変わるようなことがあったら、正直、困る。とてもいやなことだが、私の最初の男女関係は相手が倍ほど年上だった。夫とは同年配だ。今度私がはじめての恋心を感じた相手は私の半分以下の年齢だ。現実的な年回りではない。男と女が逆転するならありえるが、それでもこれは、考えるまでもない。却下だ。とは思うのだが。自分でも驚くのだが、私は、何だか、自分が何かをしでかすのではないかと不安でしかたがない。

夫にもその青年にも、大迷惑をかけるのではないか。

わからない。その青年を一目見たとき、たまたま目があって、会えた、と思ってしまったのだ。この人だ、と叫びたい気持だった。まっすぐ胸の中心に、炎がたった。それから消えない。はじめて、何の因果関係もなしに、心を引きつけられた人だ。

むろん私の一方的な気持だ。相手はただきょとんとしているだけ。

青年のことは、これ以上は書かない。絶対に知られたくない。私の一人芝居でいい。

こんなことって、あるだろうか？

初恋が六十八歳だなんて。

でも、自分が年寄のような気が全然しない。この恋に落ちるまでは自分は結構な老婆だと自覚があったのだけど。

近頃、夫は、疑い深そうな目で私をみることが多くなった。

私は夫から目をそむけることが多くなった。

ひとつ心配なことがある。私の母と父は晩年、二人揃って認知症を患って、その結果、奇妙な愛欲生活をはじめた。他人を寄せつけず、たがいに、愛する人を世間から守る、という態で、他人を敵対視した。私という子供も寄せつけなかった。ことに母親が、いわゆる色仕掛けとしかいいようのないやり方で父の機嫌をとることに夢中になっていた。もとはそんな夫婦ではなかったのに。

私にもその病気が発症している可能性があるのではないか？　母の発症の年齢に私はかなり近づいている。

私は、その青年と仲良くなった。私から近づいて親しくなったのだ。私は節度なくこういうことをしてしまう。

で、あるとき、がまんできずに、彼の手をとってきつく握ってしまった。

脳裏で母の痴態が自分に重なっていながら。

どうしよう。

私は、青年とまともに目をあわせてしまった。でも私の手は相手の手を握って離さない。

ふしぎに相手はその手をもぎはなそうとしなかった。見開いた目で私をじっと見ていた。乾いた目でもなく濡れた目でもなく。

そのうち何だか自然に手が離れた。たぶん相手がそっと手をはずしたのだ。私に笑顔が向けられていた。

優しい目をしていた。


それが三日前のことだ。今私は一人で自分のパソコンの前にすわって、新しい小説を書こうとして画面を見つめているのだが、何だか、私の目から涙が流れ出て止まらないので、困っている。喉がしめつけられるようで苦しい。キイに触れようとする指が震えて、場所が定まらない。

あの場所からどうやって帰ってきたのか、覚えていない、ということにしたいが、はっきり覚えている。

「だいじょうぶ?」と青年に訊かれ、「だいじょうぶ」と私は答えて、別れてきた。その後三日間、私は熱を出して寝込んでしまった。そして今日回復した。それでおしまいだ。

しかしそのことを私は小説に書いて、自分の初恋をこの世にとどめておきたい。

どんなふうに書き出そうか迷っているうちに、私は突然、涙があふれてとまらなくなった。

これまで生きてきたなかで出会った、いちばん好きな男。数秒、彼はがまんしてくれた。もう、死んでもいい。

あと一ヵ月もしないうちに新学期が始まるというのに、私は。

あの女子学生は、私が頼めば恋愛小説を書く努力をしてくれるだろうか？　あの子は恋をしたことがあるだろうか？

鏡のある部屋

あなたに、頼みたいことがある。いつか、夫婦のことを書いてくれないか。夫婦のことがきちんと書いてある小説が、まだひとつもないんだ。

私?

秋山駿さんに突然、そういわれたとき、私は、びっくりした。

しかも、夫婦?

秋山さんが結婚していることは、知っていた。ただ、秋山さんが夫婦というテーマに関心があるとは、考えたこともなかった。

私自身は、まだ結婚していなかった。する予定もなく、生涯、しないままですませるのだろうと、漠然と思っていた。そんなことは、どうでもよかった。

私が商業誌に小説を発表できるようになって間もないころだったと思う。

けれど秋山さんは、軽口や冗談でそういうことをいう人ではなかったから、私はまじめに受け取った。

はい。いつか、書けるようになったら。

そう答えた。あてはなかった。その後三十年たっても、書けるようにならなかった。一度も秋山さんの催促はなかったが、いつも、その宿題のことは、気にはなっていた。のちに私自身もなりゆきで結婚した。私の結婚生活はとりとめがなくて、私は自分がどうしてその人と夫婦になったのかもわからないままだった。

秋山さんは亡くなる直前になって、ご自分の結婚生活についての文章を月刊誌に連載しはじめた。

遺されたその本を読みながら、秋山さんの結婚生活について、考える日々が続いた。秋山さんの文章に刺激され、私自身も、少しずつ自分の結婚生活のことを気にするようになり、文章にしはじめた。いつの間にか夫婦になって三十年がたっていた。それで離れる気にもならない。するとこの結婚が偶然ではなく唯一無二のもののように思えてきた。

秋山さんの文章を読み、自分で文章を書くうちに、人生の輪郭のようなものが次第にくっきりと見えてきたような気がした。

夫婦のことを書けと、秋山さんにいわれたことの意味も考えた。最初からどこかの雑誌に発表するつもりで向かうと、一文字も書きはじめることができなかった。結婚はそういうものだと思った。自分の育った家のことや、好きになったり嫌いになったりした人のことなら、少し隠し事をすれば、書くことができた。夫婦の関係は行き当たりばったりの連続で、フィクションの入り込む余地がない。

何となく、二人で暮らすのが無理になったら、生きるのをやめればすむ話だ、と思っていたみたいだった。自分も相手も。お互いに。自分のために生まれてきた相手だと、ちょっとそんなことを思っていたみたいだった。結婚した当初は、だめだったらいつでも別れればいいと思っていたけど、だんだんそういうものではないことがわかってきて、そんな思いが生まれてきたんだと思う。

秋山さんが亡くなるまで、三十年以上も仲良くさせていただいたが、秋山さんの奥様に会ったことは一度もない。

時たまの秋山さんの言葉や文章から、秋山さんが奥様を大事に思っていること、子供はつくらないと決めた結婚であったこと、そのことを公表していることなどは、知っていた。

で、はじめてここに書くけど、私は秋山さんのお宅に伺ったことがある。そのときに、わずかだが、秋山さんの結婚生活の気配を肌で感じた。

家内が不在なので、接待することができなくてすまない、といわれた。秋山さんはウィスキーを飲まれ、私はチョコレートをごちそうになった。ウィスキーのつまみがチョコレートだった。本は置き場所がないので押し入れやタンスのなかに収納していることを教わった。ふつうの家庭のにおいがした。ふつうの、というのは、どこにも異様な特別な感じが漂っていなかった、ということだ。

聞かれたので、いつからどんなふうに小説を書きはじめたのかお話しして、三十分ほどで失礼した。

作家とか評論家とか、その後多くの方と知り合ったが、一人で訪問して話をして帰ったというのは、そのときが最初で最後だ。

私は夢中で飛んでいったのだ。秋山さんの書いてくれた作品評が、私の感覚にあまりにぴったりしたものだったので、何も考えずに走っていったのだ。

なぜだか、突然現れた私に秋山さんも驚いた様子もなく、よく来たね、あなたとは、話をしたいと思っていたんだ、と、穏やかな笑顔と声で招じ入れてくれた。

会えて嬉しかった。話を聞いてもらえて嬉しかった。

私はとても人見知りで、めったに人になつくことがない。でもたまに、すごく好きになる人がいる。恋愛とか友情とかでなく、何か、分身のように落ち着ける人たち。秋山さんはきっと、私が大人になって初めて、そんなふうに一体感をもつことができた特別な人だ。構えることもなく、警戒することもなく、臆することもなく、ゆっくり考えさせてくれる。

秋山さんの方でも似たような親近感を持ってくれたみたいだと、私は勝手に考えている。

秋山さんのファンはたくさんいる。秋山さんを間におくとみんな話がはずむ。私もよく喋る。一瞬で本質を見抜き、論点がぶれることがない、というのが、皆の共通な意見である。

秋山さんの結婚について少しだけ知識が増えた。子供をもたない理由だ。イトコどうしの結婚だったから遺伝のことを心配したみたいだ、と、知り合いから教わった。その知り合いも初耳だったといって、何かもっと哲学的な理由があるのかなと勝手に想像していたなあ、そういうところ、すごく生真面目に考える人間的な人なんだなあ、としきりに頷いていた。

人として間違ったことはしない人だったと私も思う。文学優先とか、自分のことで精一杯で子供を育てる余裕はないとか。おこがましくも、自分と同類のような気がしていたこともあったのだけど、全然ちがった。

晩年に入ってから、子供のいる楽しい家庭を持った人のことを、いいなあ、こういうのが未来につながる自然な形なんだよ、というのをすぐ隣にいて、聞いたことがある。私に語りかけた声だったのだと思う。

へえ、と私は意外に思った。秋山さんは本を読んで書くことと、人と文学の話をすること以外にほとんど関心を示さない人だと勝手に思いこんでいたので。食べることにも興味がない。お酒と煙草は、仕事を助けてくれるので、なくては困る、といっていたけど。

でも、新しい帽子とジャケットが気に入っていて、ほめると喜んでくれたりはした。奥様のことも、会うと一回くらいは話題にした。大勢いるときは口にしないが、相手が私だけのときには、一言くらいはきっと何かいった。病気や体調のことで、長年、苦しんでいることなど、とくに晩年に近くなってからは、奥様の病気の痛みがひどいことを、つらそうに話した。治らない痛み。体が元気になるとかえって痛みが増すこと。痛みのせいで、命をつなぐための食べ物や飲み物を体が受けつけないこと。生きるということはどういうことだ、とずっと考えている、というようなこと

自分は家事のことはまるでだめで、ごみを捨てたり、弁当を買って帰るくらいのことしかできない。一口でもと思って、バームクーヘンにナイフをそえて渡しても、命をつなぐ一切れの食べ物を、痛くて切ることも口に入れることも、できないんだ。

自分は足を痛めているので、杖がないと歩けない。転んだら、一人では立ち上がれないんだ。そんな状態なのに、主人が家で仕事しているなら、奥さんの介護もできるだろうというのが役

所の考えらしいんだね。ひどいもんだよ。

　仕事にならないんだ。

奥さんの痛みのひどいときは秋山さんの体にしがみついて痛みを耐えるので、その間は動きがとれない。

　一日中痛みが続くんだから、どうしようもないよ。

日本一の文芸評論家が、そういうことで苦しむ。苦しいだろうなあと思う。でも、夫婦関係そのものは、ヘンな言い方だけど幸福そうで、奥さんをとても大切にしていることが伝わってきた。

　比べるのはもっとヘンだけど、私の夫婦関係も、そんな感じだ。幸福なんだと思う。私は家事が下手だ。努力の方向がおかしいのか、いつまでたっても上達しない。基本、目の前のことしかやらない。それ以外のときは家事のことは頭にない。夫は私が家事に力を注いでもほめてくれない。書いたり読んだりしていると、いいね、といってほめてくれる。自分がさりげなく家事をすませたりもする。

　私は夫が大切で、夫のいる生活が居心地がいい。結婚してから、私は健康になって、体が強くなった。一人になると食べなくなり、眠らなくなり、リラックスしなくなるので、体調がおかしくなる。

親の結婚生活をあまり好きになれず、子供の私は居心地悪く感じながら育ったので、結婚願望はもともとなかった。

結婚したのは、なりゆきだ。相手も子供はいらないと思う人間だったので、それで、いっしょに住んでみようかと思った。子供をつくれ、と誰も私に強要しなかった。

ずっと昔、妹が、私に子供ができたら、かわりに育ててあげる、といったことがある。十代か二十代のころ。できなかったので、悩まなくてすんだ。

生き物として、子孫を増やさないのは、べつに、どうということはない。生き物は、例外だらけだ。人それぞれ自由ということで。

親が子供を虐待することもあるし、子供が親を殺すこともあるし。お互いに気が合わないくらい、ふつうのうちだ。

もともと、子供なんかつくらない方がいい、と私にアドバイスをくれたのは父。子供なんか産んで損したと何度も私に愚痴ったのは母。二人はもう死んでしまったから、いってもいいだろう。生きているうちにいいたかったけど、こわくていえなかった。産んでほしいと頼んだことはないと一度ありきたりの口ごたえをしたら、さんざん引っぱたかれたのが、よほど、こたえたみたいで。

以来、私は生き方を変えたんだ。

本当のことをいわないことに決めた。本当のことは口にださずに文章に書く。悪いけど、作家になったので、私の本音をたくさんの見知らぬ他人たちに読んでもらって、あなたの作品が好きです、と少なくない人々にいわれた。

父も母も読んだようだ。父は、私の書くことは難しくてわからないから読まないといってきたことがある。でもお母さんは読んでる、とついでのように教えてくれた。母は、あの子は怖いことを書く、といっていたそうだ。母が私に直接いったのは、あなたも赤川次郎さんみたいなのを書けばいいのに。読んだことある？　すごく面白いわよ、という冗談めかした言葉だけだった。

私は、自分が正しいとか間違ってるとか、考えることをやめた。

親子だから、あきらめる。

誰もいないところを一人で歩けば、少しは前に進むだろう。

人生の方向性って、そんなことで決まる。

仮に、好きなことだけやって育ったら、私はどんな大人になっていたんだろう？

みんなを楽しませるような小説を書いたかしら？

たぶん、ない。

今とあんまり変わらないかも。

ほんとに幼いころから、今の私がいた。字の読み書きができるようになる前から、頭のなかに思い浮かぶことを、大事にして、誰にも秘密にしていた。

私は、自分が善人ではないという実感を子供のころから持っている。ほんの幼いころからずっと。いつも、よくないことを考えていたみたいな気がする。

無力な自分は、卑怯なことをしなければ、強い人に勝てない。

そんなことばかり考えていたから、考えることを誰にも知られないように気をつけた。

どうせ、私の願いは、叶わない。

いちばんの願いは、他人になること、だから。

すべての他人になってみたい。その人になって一生を送りたい。生まれてから死ぬまで、全部。どんなふうに生まれて育って、どんな人間になって、どんなふうに意志をかためて、どんな人を好きになって、嫌いになって、死んでいくのか。すべての人の生から死までを体験したい。

そうしたら、自分がどんな人間なのか、少しはわかるかもしれない。

現実的な望みも、大量に胸に抱いた。

陸上短距離の選手になりたかった。自分の最初の得意なことが走ることだったから。近所で一番はやい、というだけで、小学校にあがったらクラスで一番にもなれなかったけど。中学一年のとき、陸上部に入部したが、速いけど小さいからだめね、と顧問の体育教師に軽くいわれて、補欠で終わった。

小さくても強くなれそうだったので、次には空手家を目指した。

空手の次は、英語。英語の次は、旅行家。学者。医者。

次から次へと、夢は泡のように生まれ、消えた。

よくもまあ。

努力もしないで。

誰かがきっと、向いていない、無理、と宣告してくれて、たったそれだけのことで私は簡単にその夢をあきらめた。

今、振り返ると、あきらかに、一人でできることばかり選んでいる。一人で生きる方法を探していたんだなと思う。


結果、私は小説家になった。

いちばんなりたかった職業だ。

いつも一人でいられるし、人の真似をしなくていいし。

なれるわけがない、と思っていたので、小説家になりたいという夢をあまりまじめに考えたことがなかった。いまでも、奇跡みたいに感じる。本物の小説家だと自分で自信を持てない。いつも、偽物、と思って、どきどきしてきた。偽物だとばれる日が来て、この幸福な夢も消えるだろう、と身構えていた。

小説は、現実ではないから、そのなかに住んでしまえば、人にあれこれいわれずにすむ。私は、世間の皆さんのようなちゃんとした小説家とは違う。何か根本のところが違う。私は何も創作していない。思うことを記録しているだけ。自分の隠れる場所をつくっているだけ。私が本物の作家と思うのは、才能豊かな物語作家。誰も読んだことのない新しい物語を生み出す者。

本当はそういう作家になりたかった。でも最初から、才能がないから無理だったのだ。私の夢は、ずれて、かなった。かなった、ともいえない、すごく違った形で。

小説家にはなった。なぜか、なれた。

でも、新しい物語をかけらも思いつくことができない。作家とはいえない。

で、私はずるいことを考えた。自分の頭のなかに浮かんだことは、私以外に誰も知らない。それを書けば、私には古い物語でも、私以外の人にとっては、新しい物語なのでは？　ヘンな作家になればいいいんだ。

そう思っていたら、意外にも、少なくない人が、私の作品を好きだと、いってくれた。日本で一番と私が思っている文芸評論家の秋山さんが、私の文学は新しいと大新聞に書いてくれた。私はその人を信じた。

小説家って、そんなふうに生まれることもあるんだ、と思った。ちょっと変わってるけど、ちゃんと小説家なんだ、私。

秋山さんが亡くなってからも、私が書かなくなったことを残念がって、現在も、読みたいからまた書いてほしい、といって、今書いているこの場所のように、チャンスを提供してくれた人もある。私はそういう人々にすがって細々と書き続けている。三十六年も小説家として遇してくれる社会に感謝している。

大出版社との縁が切れた時期から、秋山さんに昔いわれた、夫婦について、少しずつ書くようになった。嘘と虚栄で飾る気が失せたので、書くことが、ラクになった。

ああしようとか、こうしようとか、夫婦関係についても考えなくなった。なるようになるだろうし、今さら、どうなっても、いいや。先に死んでも、あとに生き残っても、それもどっちでも。

書いたものは、秋山さんには、もう、読んでもらえないけど、秋山さんの奥様が読んでくれるかもしれない。秋山さんの本のなかに遅ればせに登場した奥様の存在感が、最近の私の夫婦生活のなかに、何となく、漂っていて、勝手に親しみがわいてくる。

私が近頃懐かしく思い出す秋山さんは、いつも微笑んでいる。その隣か背後かに必ず、奥様がいて、何かご自分の仕事をしていらっしゃる。秋山さんがそれを優しく見つめていらっしゃる。

秋山さんが亡くなってから何冊かの本が出版された。その度に奥様のお名前で送っていただいた。そのうち、これが最後の本、というものが送られてきた。その一冊に、奥様のことやお二人の生活のことがたくさん書いてあった。

そのころから私は秋山さんについての文章を書き出した。書くほど、秋山さんの存在は大きさを増していった。

私が秋山さんについて書いた文章を、誰かが奥様に送ったらしかった。奥様からハガキが届いた。

私の文章を、仏壇の前で朗読してくださるという。そして毎日一本ずつ、私の送った線香をあげている、という。

小説を書くのをあきらめることと引き換えに、結婚した。小説を書くのをやめてもいい、と思えた相手に、巡りあったからだ。

それまで、私はひとりでいなければ小説は書けないと思っていた。私は小説を書かなければ生きていく意味がないと思っていた。

私の小説は私の悪い部分から生まれてくる。小説を書くとき、私は不機嫌な悪人になる。親しい人や好きな人には見せられない。


そんな感傷に浸っていたら、「シングル・セル」という作品が、泉鏡花文学賞を受賞したというニュースが届いた。私は賞が欲しくて、小説を書く生活に戻った。すると、夫が、ほっとした様子で、小説を書くときの横顔が好きだといった。正面を見るのは無理だろうから、横顔をちらりと見るだけでいい。私のパソコンは部屋の奥にあって、その前にすわって仕事をするが、出入り口の引き戸はあけたままにしてあるので、部屋の外を通りかかったときに、ちょっと横目で盗み見る。それだけで満足。こんなふうに作家が小説を書いているところを生で見られるなんて、めったにないことだからね。

私と夫婦になって得したことがそれだと夫はいう。小説以外、私には、何の取り柄もないらしかった。

でも、自分で思うよりは、私の小説って、それなりに価値があるってことだ。

私は、夫が料理をしている姿を見るのが好きだ。夫はおいしいものをつくる。よくわからないけど、私のためにあれこれつくってくれる。

繰り返すけど、秋山夫妻はイトコどうしと教えてくれた人がいる。それで子供を持たないと決意したということだった。

子供をもつことをあきらめても、その人と結婚したかったのだ。とてもまじめにそういうことを考える人なんだ。

教えてくれた人がそういった。私に負けない秋山さんファンの作家だ。

結婚はするが子供はいらない、と公表するのは勇気がいる。考え方の違う人は、多い。昔、女流文学者会というのがあって、一度だけ、呼ばれて出席したとき、初対面の人から、子供をつくらない結婚なんてする意味がない、といきなり暴言を浴びせられた。もっと何かいわれるかと身構えたが、その一言だけでおしまいだった。

誰だかわからなかったが、あとで親切な人が名前を教えてくれた。

まったく違うタイプの小説を書く著名な小説家だった。私はその人の書いた小説も、苦手だった。好きな作家でなくてよかったと思った。

彼女はああいう人で、悪気はないのだから気にしないで。

別の、誰だかわからない人がそばに来て、なぐさめてくれたが、悪気はなくても、悪意か敵意はあったと思う。

それきりその会へはいかない。その人もそのうち亡くなり、会もなくなった。私の記憶はなくならないけど。

私の夫は、自分の好きなものを大切に扱って長く愛用する人で、好きだったものを途中で嫌いになって捨てたりすることはなかった。たまに、私自身は、彼から嫌われていると感じたり、侮られていると感じたりすることはある。私自身も嫌ったり軽蔑したりすることもある。瞬間的なものだが。

結婚するときに小説を書くのをやめようと思ったが、結婚したので長く書く結果になった。結婚しなかったら、もっと早く書くのをやめていたと思う。きっと体をこわして、こんなに長く生きていなかったと思う。

私は夫のおかげですっかり健康になって、自分のためよりは夫のために書くように変わった。私が小説を書かないと、私も夫も生活に飽きる。二人でいっしょにいても、やることがない。私が書いていれば、その間に夫も自分の趣味や仕事に集中する。

本当に、小説を書かないと、私には何の趣味もなく、生活は退屈なものでしかなくなってしまう。

そういうことがだんだんわかってきた。

私たち夫婦が子供をつくらないのは、ただ、いらないから、というだめな理由だ。

私は、そういう奴だ。

いらない。

ごめんなさい。

もう、この先、小説を書くことはめったにないと思うけど、ろくな小説は書けなかったけど、でも、私は私の能力の範囲を超えて、堪能した。何度人生をやり直せるといわれたとしても、私は、もう、いい。

せっかく、作家になれたから。二度目の人生でまたこんな奇跡的なことが起こるとは思えないから。そのくらい奇跡的なことだったと思う。


はい。これから初体験がはじまります。

よろしくお願いします。

それではまず構えからね。鏡を見てコピーして。

前面の広い鏡と向いあって、鏡のなかのトレーナーと目をあわせ、頷く。トレーナーは私の右横に並んで立っている。彼の目は鏡のなかの私を見ている。

足は肩幅に開いて。左が前。右を少し後ろに引いて。爪先は少し右に開く。膝は少し曲げる。

右手の拳は顎の右横。左の拳は顔の前。両脇を締める。

私が二人いる。トレーナーも二人いる。現実の私は鏡のなかのトレーナーとアイコンタクトをとる。鏡のなかの私は現実のトレーナーと視線がつながっている。

私は四人分の気配を実感している。一対一という感じはまったくない。皆で息を揃える感じ。

トレーナーの声が音楽のように心地よく耳を包む。

左ジャブ。右ストレート。左フック。右ストレート。

これで四つの武器を手に入れました。実際にグローブをつけて練習してみましょう。

私は両手にグローブをつけ、トレーナーはミットをつける。トレーナーの構える位置をねらって拳を出す。パーンと張りのある音が響く。二人向かい合って小さな円を足で描きながら動く。

右膝蹴り。左膝蹴り。右前蹴り。左前蹴り。回し蹴り。

さらに武器が加わり、パンチと蹴りを、私はトレーナーの指示する場所に繰り出してゆく。

その姿がトレーナーの体越しに見え隠れする。私がキックボクシングをしている姿を私が見ている。時折、鏡のなかの私と不意に目があってしまう。

何度か見つめあうと、妙に心が弾んできて、動きに力が入る。

鏡のなかの自分が軽やかに動いているように見える。何だか自分のようで自分でない。

少女のころの私が、今、目の前に現れて、やりたくてならなかった空手のかわりに、キックボクシングをやっているみたいな感じだ。やっとできた、空手ではないけど、こういうことがやりたかったんだ。私は喜んでいる。

休憩。水分とって汗を拭いて、軽く歩きまわって、息を整えて。

トレーナーの声が私の集中を中断する。でも、私はこのトレーナーに出会ってから、少女のころの自分の叶わなかった夢を思い出して、ここにときどき通うようになったのだから。

夢が叶うって、こんなに楽しいんだ。なぜ空手だったのかわからなかったけど。強くなって、男と本気のケンカをして、勝てるようになりたかったのだけど。でも、このトレーナーは、子供のころ病弱だったので、体を強くするために運動をはじめた、という。本業はプロの格闘家。ふだんはジムでトレーナーとして働いている。

まっすぐ腕をあげることや、股関節や肩甲骨の動かし方を教えてもらった。週に四回、一時間ていど、グループで指導を受けはじめて、一年半になる。

私は六十五歳をすぎてめっきり老人めいてきて、歩くのも大変になったので、ここに通いはじめた。通ううち、少しずつ若返ってきた。運動選手になりたいと夢みていたころの体の記憶が甦ってきた。

長い間、部屋に閉じこもって小説を書く生活を送ってきた。その間、ほとんど鏡を見なかった。自分の心のなかばかり見つめていた。それは楽しい日々だったけど、体は、いつの間にか歪んで、固まってしまった。

今の私は冷静に鏡のなかの自分の体の動きを見つめて、悪くない、と頷いている。全然、老人には見えない。空手を習いはじめて喜んでいる少女のように見える。十三歳か十四歳だった、確か。だめ、と一言で母は私の望みを断った。女の子はそんなことやっちゃだめ。これ以上乱暴になってお嫁にいけなくなったらどうするの。私には理解できない言葉を母は喋った。

空手を身につけた少女なら、私が書いてきたようなものではなく、もっと生き生きした小説を書くことができたかもしれない。

少なくとも、自分の書く小説を好きになれたのではないか？

こんなに書きたいのに、書いたものを自分で好きになれないって、いったい、どうすれば……。

少女時代の私は、何の武器も身につけないまま、負けるに決まっているこの世の中を生きてゆきたくなかった。

小説のなかで主人公として生きてゆくのなら、少しはましかなと考えたけど、そんなにうまくはいかなかった。私みたいな子供が幸福になる方法を、どうしても思いつかなかった。

ハルナさん、ガードがなくなってるよ。試合だったら顔を撃ち抜かれてる。

トレーナーの声が私を夢想から呼び起こした。

でも、六十九歳の私は、これからいくら練習しても、戦う場所はない。戦わないのに、戦う方法を覚えて、どうするんだろう?


指示どおりにやって。ワンツースリーの三十連打。左ジャブ、右ストレート、左フック。もっと速く。そう。フックが弱い。右ストレート。トレーナーの構えるミットに私の右グローブがヒットして、思わぬ快音をたてる。幸福感が体にしみる。体の奥で眠っていた小さな獣が目覚めて、拳の先から勢いよく飛び出してくるみたいだ。空手。英語。留学。生命に関する研究者。旅行家。紀行作家。世界中の人とあうこと。世界中の土地にゆくこと。世界中の本を読むこと。これまでに生きて死んだ人、今生きている人、これから生まれてくる人。すべての人の一生をつぶさに見ること。私の夢だったものが次々と拳に甦る。これからだって何でもできそうな気がしてくる。別の人間に生まれ変わったら、ぜひ、格闘技で戦いたい。

終了、の声がかかる。

違う人間になって、違う小説を書いてみたい。秋山さんとも、夫とも、トレーナーとも、出会えない一生を経験してみたい。小説を書かない一生も経験してみたい。

私は夢心地で、たくさんの自分の分身を思い浮かべている。

開始

今年度いっぱいで、十五年続けた短大と、五年続けた大学の非常勤講師をやめる。

七十歳になったら契約の更新をしない、という通知が、七十歳の誕生日間近になって届いた。二年前に、十年続けた短大の非常勤講師をやめたが、これは、六十八歳をすぎたら契約の更新をしない、という契約だった。いずれも、仕事をはじめた当時は知らなかった。

もともと、専任ではなく、非常勤だから、一年ずつの更新なのだが、何だか二年目から自動的に更新されるような感じだったので、自分がやめるというまで続くのかと、勝手に思い込んでいたようなところもある。

もう仕事のできない年齢だと知らされたみたいな感じもあって、自分の寿命の残り少なさを改めて実感し、ちょっと焦った。

この非常勤の仕事が、自分の生涯の最後の仕事、といつのまにか、勝手に決めていたみたいだ。

最後の仕事で天職に巡りあったかも、と、内心では喜んでいた。十五年はあっという間に過ぎた。

最初にはじめたK短大で十五年。K短大の三年目からA短大で十年間。A短大の七年目からT大学で五年間。

三つの学校で計十五年の間、小説創作講座を受けもった。

小説について考えるクラスと、小説を書くクラスの二種類だけ。

自分はこう読み、こう考え、こう感じ、こう書いてきたけど、書く人はみなそれぞれに自分流の書き方をするしかないと、伝えるだけの仕事だったけど。

知り合いの作家たちが紹介してくれた仕事だ。私の書いたものを読んで知ってくれて、好感を抱いてくれている人たち。顔見知りとか仲良しとかいうのではない。

顔見知りでなくても、小説を書く人とか、評論を書く人とかどうしは、たいてい、お互いに、書いたものを読むと、何か通じあうものがある。その作品が好きで、その作者に出会ってみると、まず間違いなく、話があう。

私は小説を書くのが下手だ。書かないと、生きた心地がしないので、書き続ける、というのが実感だけど、意外に、そういう人は、世の中にたくさんいる。私の授業を聞きにくる学生たちの多くも、どこか、私に似ていた。

気があう。

十五年の間でそれがわかった。

小説を書いていれば幸福。小説仲間たちと過ごせて、楽しかった。

私自身は運よく小説家になれたから、こういう学生たちと出会うことができた。

学生たちの大半は、小説家になりたいと思っている。

でも、毎年百人からの学生がきっちり小説家として社会に巣立ってゆくなんて、ありえない。

そこのところが、小説の生まれるホットスポットなんだと思う。

でも、そこの肝心なところが学生に説明しきれなくて、きつい。

私は、もう十年も本がでていない、死んだ作家だ。でも、無理やり書いていた以前より、今のほうが、自分は作家だという意識が強い。

ふしぎだ。作家だから書かない、と私は心のなかでえらそうに思っている。

昔の自分は書けなくて恥ずかしがっていたけど。書けるふりをして無理に書いていたけど。

書けるふりなんて、できるわけがないのに。

書けない作家で今はじゅうぶん。

なぜ、社会の人たちは、私を小説家として認めたのだろ?。

それがわかれば、学生たちにも、コツを教えられたろうに。

私が書いたもののどこかに、小説家の証があったと考えていいだろうか?

どこに?


書きたいものがあったから書いた、というしかない。何かに突き動かされるようにして書いた、とか、書いても書いても尽きない泉があるとか、書きはじめたら自分の意志とは別に主人公が勝手に動きだした、とか。

そういう実感もあるけど。

うまく言えない。

わけもわからず書いただけだ。

漠然とだけど、あとになって、こういうことかな、と思うことはある。

言葉はたくさん使わないと通じないということがひとつ。一言で言えないことを書くのが小説だと思う。

意味だけでなく、勢いとか、流れとか、熱気とか、振動のようなものとか、大量の言葉は、何か言葉の意味以外のものを生む。

小説を書くと、何か、少し、まとまったことが言えた気がしたのは確かだ。言葉のかたまりが、何かしら、あたりの空気を変えた。

書くと満足するって、そういうことなのかもしれない。

まわりの空気も変えるけど、自分の体のなかの空気も入れ替わる。


小説を書きたい人が世の中にたくさんいるのはあたりまえだと思う。ふつうの人たちが自分を大事に思って書くのが小説なのかも、と思う。私はそういう書き方をしてきた気がする。

私が作家になれたのは、小説を書くのが特別な人たちだと思われていた時代だったからかも。そのころはふつうの人がふつうのことを書いた小説がまだなかったから。


ふつう、という言葉を使うのは、私の悪いくせだ。でも、いろいろな事情から、私は自分の小説のテーマの根源は、ふつうか特別か、という点にある、と思うようになった。

そのあたりを手がかりにして小説を書きはじめたような気がする。

デビュー作では、自分が生きているいいわけを書いた。それが私のいちばんふつうの、切実な問題だったから。

書く理由がいる、と私は考えた。

書く人には、書く理由がある、と感じていたからだ。

書かれたものを読むと、どんなものでも、なぜこれを書いたか、ということがよくわかるように書いてあったので。

そして、読むとそれがたまらなく面白く心にしみてきたから。

人には願いや夢や欲求があって、その願いや夢や欲求が生まれてきたわけがあって、そのわけが大事なんだ、と勝手に思っていた。


ものごころついたころから私は小説が書きたくてしかたがなかったけど、なぜ書きたいのか、長らくわからないままだった。

わからないままに書きはじめてみると、だんだん、自分は、書きながら、書く理由をさがしているんだ、と、感じはじめてきた。

ほかの人の書いた小説を読んでも、そういうことが伝わってきた。

自分の好きな小説のすべてに共通するものが、そこだった。

好きになれない小説もたくさんある。いくら読んでも、心がひかれないし、何が書いてあるのかもよくわからないので、どうしても最後まで読めない。

心の質が違うのだと思う。人はみんなが同じなわけではない。

でも、みかけはいろいろでも、心はひとつ、と感じられる小説も、意外にある。

読めば読むほど、書けば書くほど。

自分は、これを書くために生まれてきたんだ、といつか思える作品をつくる。

それを死ぬまでに書きたい。読みたい。

読みたい小説を書けばいいんだ。

ある日そんなことをぼんやり思っている自分がいた。

それが書く理由になった。

未来に、自分はどんな作品を書くのか。いつ思いついて、いつ書きはじめ、いつ書き終わるのか。

はじめて、自分を他人のように感じた。

その作品を書くとき、どんな気分なんだろう？

本当に、書けるんだろうか？

考えながら、胸がどきどきした。

自分の願うとおりに、私の人生は進んでゆくみたいだった。ちっとも思い通りにいかないのだけど、こういうことって、あり、なのかな、とも思うくらい、不自然に、思い通りに進んで、結果、まっしぐらに小説家を目指して、夢が実現した、というていにはなった。

もちろん、「これを書くために生まれた」と思える作品なんか、書けていない。

何ひとつ満足のいかない作品ばかりが積みあがって、そうこうしているうちに、作家寿命も尽きたも同然の状態になってきたけど。

でも、ふしぎに私は満足している。

もう、どんな作品も目指していないのが自分でもわかる。

小説家になるなんて、口に出すのも、心で思うのも、はずかしいくらい、叶わぬ夢だったのに。

そのくらい、小説はすごいものだと思っていたのは確か。

誰も見たことのない新しい世界をつくるのだから。

自分の心のなかに、誰も見たことのない新しい世界があるなんて、考えつきもしなかった。

暗くて何も見えなかったので。

若いころ、とくに周囲から多少の期待をされていたころは、心のなかなんて、ほんとにグチャグチャだった。見ようとするだけで吐きそうだった。

でも、もうほとんどを終えた現在では、心のなかがよく見える。

明るいだけで、何もない。

書けるだけ書いたら、気がすんだみたい。

そう。期待の作品は書けなくても、ただ書くだけで、私の書く欲求は、静まっていったのだ。

書くって、創造ではなくて、清掃だったのかな、と思ったりもする。

十年くらい、その空っぽの心をぼんやり眺め続けていたら、二、三年前からその空っぽをまた何か言葉で埋めたくなってきた。

小説じゃなく、ただの思いつきの言葉。でたらめの順番の文字だけでもいい。

文字は、細胞みたい。

小説は、人間……のようなもの?

文字を書くと、深呼吸するみたいで気持ちがいい。

そんなことを思っていると、ふと、最後の小説の影のようなものが、頭に浮かんできた。

自分の分身みたいな小説。

今まで考えたことのないようなことを、頭が勝手に考えはじめた。

生きるとか、死ぬとか、自分のことだと、こわくて、めんどくさいけど、自分の書いた小説の末路って、どうなんだ？

絶版になって、出版社の倉庫からも姿を消して、誰の目にも届かないところで、腐っていっている最中？

私の本箱のあちこちの隅に、昔商品として流通したことのある書籍や雑誌が、隠れている。誰の目にも触れたことのない、我が家の引きこもりの本たち。そのなかに私の書いた膨大な文章が封じ込められている。

誰にも読まれないので成長もしないし腐りもしない。

私みたい。

小説って、読者の命を吸って、生き続けるんじゃない？

読まれなかったら、死ぬよね？

書かれなかったら、誰にも読んでもらえないよね？

私が書かなかったら生まれない小説があるって、それ、どんな小説なんだろう？

ちょっと、書いてみたい気もするけど。

考えようとしても頭が回らなくて、それでも、身体のあちこちの隅から、私が書くべき最後の小説の言葉のかけらが、現れてきて、漂いはじめたみたいな感じになってきた。草とか木とか、小動物とか、獣とかのかけらみたいなものもまじっている。主人公とか登場人物は見えない。

たくさんのかけらが、動きまわっている。予想のつかない動きをする。

猛獣使いみたいな小説家になりたい、と思っていた時期もあるけど。意味がわからない。なぜそんなことを思ったんだろう。

五、六歳のころから、一日の大半の時間、私の頭のなかは、小説のことでいっぱいになっていた。今もそんな感じだ。ほかのことが考えられない、というだけのことだけど。

小説のことを好きなだけ考え続けたい。

私の子供時代のたったひとつの願いだった。夢はじゅうぶんに叶った。

人間のことをもっと知って小説に生かそうと思って、大学時代、生物学の勉強にはげんだ。考えることや、感じることを、コントロールしたいと思った。役にたつことだけを考えたり感じたりしたいと思った。

そうなったら、書きたい小説を書けるだろうと思った。

そうなったら小説を書こうと思わなくなることに気づかなかった。


科学的に遺伝子の正体を解明できそうになってきた時代に、私は、大学生になっていた。爪の形とか、背の高さとか、コマゴマした情報が、遺伝子のなかにすでにインプットされていることを教わって、自分の性格とか、好き嫌いとか、欲求の種類とかも、もしかすると、生まれる前から遺伝子で決まっているのか、と気になってしょうがなかった。

小説と遺伝子って、関係があるのだろうか？

小説を書きたいという自分の願いは、一度も、消えたことがないのだから、関係がないということはないのではないか？


醒めない夢を見続けている。

生命は、生命をもたない無機物から生まれたことも知った。人間の体の材料は、地球にある材料と同じものだということも。

それなのになぜ私は、小説のことだけを考えていたい、という脈絡なしの願いを抱く人間になったんだ？

幸せとか愛とか満足とか。そういうものに満ちていられれば、生きているのは楽しいと思えそうだ。

まず、生きている自分を肯定するのが、最初の課題？

願いの種類とか関係なしで。願いをもって、その願いを叶える努力をすれば、ＯＫなんじゃないか？

叶わなくても、願いを持ち続ければいいってことかな。

私の身体の内部にある命が何かを願う。小説を書きたいという願いを叶えるために動きだす。エネルギーが生まれる。命のレベルが上がる。

そういう現象が積み重なれば人類全体の活性度と寿命が大幅に上がる。

エネルギー代謝だ。

なんか、わかってきた、みたいな気がしはじめたのは、生物学と文学のちがいだ。小説は、未来に石を投げるみたいに、何もないところに向かって進む。

でも、生物学の研究って、人間の進歩と逆走する。命が生まれた方向に戻ってゆく。人間の未来が先細りする方向だ。

そのうち、私と私の母親との、ちょうど真ん中あたりの年頃の、高学歴の女性たちが、いっせいに、最新の現代小説を、発表しはじめた。

倉橋由美子と大庭みな子と高橋たか子。この三人の小説を読んで、即、自分も小説家になる、と決めた。二十歳のころだ。自分はこの人たちの仲間だと思った。

たぶん、私は、この三人の作家たちと、同じ材料でできている。配分が少し違うだけで。その作品に近づいたら、強烈な力で引っ張られて、突然、発火した、という感じだった。

今までのウジウジが嘘のように、夢中で書いて、作品が最初に雑誌に掲載されたのは、二十八歳のとき。それ以後の私はずっと小説家だ。

小説家になってからわかったのだけど、人はたいてい誰かの作品に影響されて作家の道を歩きだすようだ。

私の作品を読んで自分も書きだした、という何人もの人に出会った。

五十五歳のときから、大学によばれて、学生が小説を書くのを手伝う仕事をするようになった。

学生たちの多くが、何かの一言をきっかけに、急に、火がついたように書きはじめる、ということがだんだん実感されるようになってきた。

どんな一言か、人それぞれだが、それを本人に伝えるのが仕事だと思ってやってきた。彼ら自身が書いた文章のなかに、必ず頻発する言葉なのだが、自分で書いておきながら、なかなか自分では気がつかないようだった。

予想外の大勢が小説家を目指していることを知ってはじめは驚いた。素質のかけらもないような人も少なくなかった。でも、私もそうだったから、小説を書きたい欲求というのは素質とは関係なく生まれて育つのだろうと思う。

自分が生まれて、言葉を覚えて、文字を覚えて、小説を書き出す、という流れは、ありふれた自然なのだと思った。

私は授業のはじめに、人類の誕生から小説の誕生までの簡単な歴史を学生たちに喋ることに決めた。小説を書くのは特別なことでなくてごくあたりまえの自然なことだと説明すると、学生たちの顔が明るくなって、表情も豊かになり、おたがいに遠慮なく小説の話をするようになった。

五、六歳のころ、はじめて親が数枚の無地の紙を私にくれて、好きなように使っていいよ、といわれた。

でも大事に使いなさい。むだにしたら、もうあげないからね。

考えた末、字を書いた。字がいちばんたくさん書ける。どんな内容も字で書けばいいのだ。絵が書きたかったら、あとで字の内容を絵にすればいい。字を書きながら、頭のなかがとめどなく広がってゆくのがわかった。

自分の好きなことは、たくさん考えることだと、そのとき自覚したような気がする。

何を考えるかは自由、とも思っていた。考えることを人から影響されたくなかった。なので、書いたものを、見せるようにいわれたことは何度かあったと思うが、何かしらの嘘をついて結局一度も親に見せたことはなかったと思う。

私が最初に書いた小説は形をなさなかった。自分の書くものはどんなものでも小説のつもりでいたが、形を整える努力をしようとは、ほとんど考えたことはない。思い浮かんだことのすべてを書きとめたい、と思っていた。

なんとなく覚えているのは、自分の存在感、みたいな。その、影絵めいた記憶だけは、今でも、思い浮かべることができる。いつも頭の隅にある。いつ頃からあるのか、わからないくらい昔からある。

どう説明すれば、いいのか。

外界と自分が、膜で分離されている感じ。

自分は小さな袋のなかに閉じ込められて、外に出られない。

外にも内にも形のあるものは何もない。あるのは自分という意識だけ。見ているのだから、目はある……。

むりやりにいうのなら、生き物でなかったものから、生き物になりつつある途中の記憶、のようなもの……。

小説を書いているとき、私はその記憶を思い浮かべていることが多かった。

小説が生まれる前の混沌みたいな感じも、それに重なったりしたから、私の書く小説が重苦しくて風通しが悪いのもしかたがなかった。闇だけを描写するとか、水のなかにいるような感じだけを書くような、そんなふうだったから。

生まれる瞬間とか、死ぬ瞬間とか、書いてみたい、と今でもつい思ってしまう。

私の小説の出来の悪さは、そういうところにあるんだと思う。

一生かけて、全身全霊でやってきたつもりだけど、最初から、何か、間違っていた。

小説でしか書けないと思ってたけど、小説でも書けなかった。

今となっては、ぜんぜん、かまわないけど。


まだ私は生きているのだから、やり直すこともできるのだろうけど。いや、やり直しなんか、絶対しない。

なんというか、私は、不出来な作品が、好きみたいだ。

うまくいかなくてくやしがる人が好きで、私自身も、死ぬまで、うまくいかなくていらいらしていたい。

私は七十歳になってから、毎日筋トレにはげむようになった。小説を書けなくなったのは体力が落ちたせいかと思って、体をきたえはじめたら、たちまち命が甦る爽快感に包まれて、やみつきになった。

筋トレが忙しくてほかの何かをやる時間がない。

体力がついたらしく、小説以外の敵と戦ってみたくなってきた。どんな敵と戦えばいいか、これからゆっくり捜してみようと思う。


今日はボディー打ちを教えます。とうとうボディー打ちまできました。

キックボクササイズのトレーナーと正面から向き合って教わる。

右はおへそあたりの低いストレート。目は上を見たまま、足を使って右ストレートを低く打ち込みます。

左は、左足を軸にしてその上で下からフックぎみの拳をねじこむように打ちます。

では手本を見せます。

トレーナーが見本を見せたのち、私が真似をする。いつものとおりのやり方だ。トレーナーは腹の中心にミットをあてて、右の拳を打ち込む場所を私に教える。左は、脇腹とへその間くらいにミットを構えて何度か私に打たせたが、そのうちミットをはずして、正確な場所を教えたいので、じかに打ってきて、といった。

私が打つと、もっと上、という。また打つと、もっと真ん中。三発目で、そこでいいです、もっと強く打って、といった。

思い切って体ごと殴りかかった。

近く、彼の試合を見に行く。三日後が試合でその前日が計量日だ。

そんな条件でもためらいなく全力で向かってゆく。

ほんとに倒すつもりで打ってきて。

彼は真剣な目で私をあおる。


昔、そういう夢を見ていた。

暴れる大男をパンチ一発で殴り倒せる力が自分にあったら、どんなに落ち着いて生きてゆけることだろう。

小説以外にずっと願い続けていることがもうひとつあるとしたら、誰にも負けない強い人間になりたかった。

誰にも勝てない弱虫だったから。

小説を書きたい、と、いって、笑われてから、よけいに臆病になった。

強くなれば、きっと、誰にも邪魔されずに、好きなだけ小説を書けるだろう。

そう思っていた。

たぶん。

でも、本当は、ほとんど覚えていない。


よし。今のはよかった。

時間がくるまで、今の調子で連打。

トレーナーの指示のままに、私は両手のグローブを夢中で突き出してゆく。トレーナーのミットが軽く弾きかえしてくる。

ぜんぜん、強くなっている気はしないけど、でも、悪くない、と思っている。

私は必死に打ち続ける。いつものことだけど、私がちょうど体力を使い切ったと思うところで、タイマーが鳴る。

お疲れさまでした。

同時に明るい声がいって、さっと、壁のようだったミットが引っ込む。

今日もなんとかギブアップしないですみました。

このくらいならできる、というところでやってますよ。

軽くいわれる。

ふと、このくらいの小説なら書けますよ、と一度くらい、いわれてみたかった、と、ちょっと思った。

どういう意味だか、自分でもわからないけど。

履歴

生き物について、詳しく知りたかったので、生物学者になりたいと思った。人間の一生を観察したい気持ちも強かったので、小説家になりたいとも思った。幼いころにわいた、そのふたつの願いは、いまも変わらず、胸を熱くする。感じたり考えたりすることが、楽しくてたまらない。地味だけど、最高の自由を感じる。

若いころ、医大で実験助手として働いていたとき、身近に、血液型で個人を特定する方法を研究する人がいて、その人にデータとして血液を採取させてほしいと頼まれたことがある。調べてみたら大変めずらしい血液型だとわかった。私の親兄弟の血液も調べさせてほしいと頼まれた。結果、親がそれぞれ珍しい型をもっていて、その掛け合わせで生まれた私は、両方の型をもっており、日本ではじめて発見された血液型、ということであった。兄と妹はそれぞれひとつずつ受け継ぎ、私だけがふたつ受け継いだといわれた。

そのとき以来、自分はとても珍しいタイプの人間であるらしいという自覚をもつようになったと思う。

それまでも、人と違う意見をもつらしいと薄々感じていたので、腑に落ちた、というところか。考えや思いや感情などの個人差が、遺伝子タイプの違いからきている、ということなら、自分は自由だとか、小説を書くのが生きがいだとか、もう、あまり、気にしない方がいいのかもしれない、と思ったりもした。

そのあたりのことが、ちょっとしたしこりのようになって、自分の考え、というのが不安になる。今でもそうで、こうして文章を書くのも、自分の意志で書いているのか、遺伝子からの命令で書かされているのか、自信がない。

小説を書く生活を続けることができたのは、その遺伝子のおかげ、と思えば、ゆかいな気もするけど、書きたい気持ちが強いわりには、書くのがへたで、苦労した。考えを人に合わせることを苦労と思わない遺伝子を持ち合わせていたら、もっと楽しく書けただろうに。

思ったことしか書けないのは、不自由だった。思うのも、自由に思うわけではなく、いつのまにか思っていて、その思い以外の思いが浮かばないのだから。

新人賞の候補になったとき、秋山駿さんが、新しい時代の作家が登場した、と新聞に大きく書いてくれた。夜行性の小動物みたいな主人公だといってくれた。それで私はその後もほそぼそと書き続けることができた。

自分が何を書いているのか、よくわからなかったのに。わからなくてもいいのだと思いながら書いていた。

秋山さんが、わかりやすい言葉に翻訳してくれた。

年をとるまでずっと、文章の世界にひきこもっていた感じなので、現実の私のことを知っている人は少ない。

人と会うのも苦手、話すのも苦手。もとは丈夫で元気な体だったが、小説家になってからは、ずっと病気がち。

六十歳を迎える前に、小説を書きたくなくなった。体力がなくなったからだ。病気をした。病気が治ると、足を傷めた。

小説を書かないと元気が出ない。病気をすると、小説を書きたくなって、熱心に治療を受ける。治ると、書きたい気持ちが失せる。

足を傷めたら、生きる意欲が失せた。

それで、何となく慌て、足を治さないとまずい、と思った。


近くのジムに出かけていって、そこの専属トレーナーのレッスンを受けはじめた。

足は、歩くとギシギシ音を立てるようになっていた。股関節のどこかが固まっていて、少し力がかかると、電流が流れたように痺れと激痛に襲われた。十年くらいかけてそこまで悪化した。右ひざの痛みからはじまって、腰をやって、股関節にきた。

だが私がおおげさに考えすぎていたみたいで、簡単な運動レッスンを何度か受けると、足の痛みは消え、びっくりするほど、体力が戻った。


小説を書いていたとき、書いた分だけ、命がすり減るような感じになることが多かった。

できあがった作品は、私の命の一部といっしょに、手元から消えて、戻ってこない。

そんな感じだった。働いた実感があって、それはそれでよかった。

もう十分に書いて、十分に年をとるまで、生きてきたのだから。

私はなんでもおおげさなんだな、と今、書きながら気がついて、少し恥ずかしくなっている。でも、おおげさも、遺伝子の指令なんじゃない？

自分でそうやると決めた覚えはないし。

運動で、自分の古びた身体が新品めいてくると、まず、トレーナーに興味がわいた。

秋山駿さんみたいな人がここにいる、と思った。

おおげさだとは思う。でも、秋山さんに負けないくらい、私のことをわかっている。レッスンを受けるたびに、そう思った。

秋山さんが真剣に私の小説を読んでくれたように、トレーナーは真剣にレッスンしてくれる。レッスンのひとつひとつは、秋山さんの言葉のひとつひとつのように、特効薬みたいに、私の体に効いた。

私が日々めきめきと元気になってゆくので、夫がふしぎがった。わけを話すと、

「いい人に会えてよかったね」と喜んでくれた。

夫もまた、私と三十年も毎日いっしょにいるが、一日も欠けることなくいい人であり続けている。

私の感情の動きが手にとるようにわかるらしい。

トレーナーにレッスンを受けるようになって三年を超えた。現在では週に四日通って、一時間ずつ、数人で運動指導を受けている。ほかに三十分のパーソナル指導を週に一回受けている。やればやるだけ効果があがるというレッスンなので、彼は、ずっと、生徒たちに感謝され続けている。

いつも丁寧親切で、心がこもっている。一度もいやな顔を見せたことがないし、きつい言葉を口にしたこともない。

トレーナーをやりながら、プロの総合格闘技選手として十年間の実績を積んでいる。近くタイトルマッチに挑む。

二年前から受けているキックボクササイズのパーソナルレッスンは、私の生きがいになりつつある。彼のパーソナルレッスンは人気があり、私が受けられるのも一週間に一回、三十分だが、レッスンはいつもていねいで細やかだ。私の体力ではこれ以上は無理、と感じさせてくれるていどにはハードでもある。

前回のレッスンの終わりに、はじめて言葉でほめてもらった。

うまくなってきたので、次回からは、パンチや蹴りを打つときの距離をコントロールする練習をします。

うまくなってきたので、と、突然ほめられたので、ちょっと驚いた。淡々と生真面目にスケジュールをこなすのがいつものやり方で、こなせたら終わる。三十分なのですぐ終わる。終わるときには、もう体が動かないという状態になっている。

一対一なので教わる方は自分がうまいのかへたなのかわからない。

次の段階にすすむらしいことだけ、理解した。

いまハルナさんがやったみたいに、近い距離で力任せに打つと、手だけで打つことになる。ぶつけて止まる。でももっと遠くから身体を使って打つと、やわらかくのびて、打ち抜くことができます。やってみてわかったと思うけど、打ち抜く方がパンチの威力が増します。ぶつけるだけだと衝撃が吸収されて、パンチ力が弱まる。効率がちがいますね。

めずらしく、よく喋った。

失礼ないいかたかもしれないんですが、運動の世界では、脳と神経の伝達速度の関係で、小さい人は、手足が短いので、手や足の方が速く動く、といわれています。大きい人は身体ごと動く。小さい人の方が素早いけど、身体が手足と連動するのが遅れるので、威力は減ります。身体ごと動く練習をしましょう。

私はとても小さい。身長は145センチしかない。

自分の体の小ささと運動能力の関係については、ずっと、小さいからだめ、と思いこんでいて、運動選手をめざすことも早々とあきらめたけど、今、はじめて理由を教わった。同じ運動能力なら大きい人が有利なのはそういうわけだったのだ。

そんなふうに、トレーナーはひとつずつ、教えてくれる。

でも、ハルナさんの右ストレートは、いい。43キロの体重を考えてみても、かなり強いです。あと、防御がうまい。

対戦相手を想定した動きができるのはいいです。

ただ、フックが苦手。手だけが動くから。得手不得手の差がすごい。

キックボクササイズを習いはじめてから、夫は面白がって、隣に並んでテレビをみていたりするときに、横からすっと手をのばしてくることがある。

私の手は、びっくりするくらい、敏感に反応する。

たまに、夫の手の力が強すぎると感じることがある。力やスピードで負けまいとする夫の気配が伝わってくるのが、イヤだ。

暴力を教わっている、と夫が少しでも思うのは、イヤだ。

体の使い方がわかってくるのが、楽しい。生き物として生き生きしてくるのが、嬉しい。

正しい生き物は、強く、賢く、前向きを目指して、行けるところまで行く。

いつのまにか、そんなことをまじめに思うようになっている。

自分が生命のかたまりであるという実感がある。


私は、力で支配されると、死にたくなるタイプだった。小説を書くようになったのも、暴力と対等以上の、生きる手段を手に入れたかったからだ。たぶん、そうだったはずだ。

私が夫といっしょにいる理由は、居心地がいいからだ。夫はたいていの場合、私が小説を書くことを最優先してくれる。

そんなことをしてくれるのは、夫以外に、誰もいない。

ねえ。キックボクササイズは、暴力じゃないよ。やっていると、体の細胞が活性化されて、すごくワクワクするの。体を動かす楽しさのなかで、キックボクササイズがいちばん楽しい。生きているのが嬉しくなるくらい。

キックボクササイズも夫との居心地のいい暮らしも両方続けたいので、説得したりもする。トレーナーも私の望みは何かを考えてくれる。そういう人は、夫に次いで人生で二番目の、とても貴重な人だ。

何か、やりたいことがありますか？

運動のことに限りますけどね。

もう一回、全力で走ってみたいです。

そんな言葉が口から出て、それから目を見て、ハハハと大声で笑った。

むりかな。
むかしだって、走るのが好きだっただけで、とくに速かったわけじゃないんです。クラスでいちばんにもなれなかった。背が小さかったから、大きくて速い人に勝てなかったです。すみません。

でも、トレーナーは、少し考えたあとで、こう続けた。

ええと。じゃあ、腹這いの体勢からぱっと起きてダッシュする、というトレーニングをやってみましょうか。5メートルとか10メートルの初速をあげる練習なんですけどね。

そういう言葉が返ってきたとき、まじか、と思った。
いつ実現するかわからないけど、人生最後の願いが確保された。
ありがたい。

最後の小説と思って書いてみたら書けるかな。
今書いているこの文章は、そういうつもりで書いている。

小説でも小説でなくても書きたいものを何でもいいから、書いてみないか、と誘ってくれた人がいた。

ほとんど流通しない少部数の雑誌に載せるという。

誰も読まないのなら、書いてみようか、と思って、書きはじめた。


この三年で、私はとても変わった。

少女時代が戻ってきたみたいだ。


これまでほとんど書いたことがなかったが、私は十六歳のとき、ほぼ一年の間、家出生活をしていた。

一言でいうと、とても上手に暮らした。ときどき居場所を移して、まじめに働き続けた。人に怪しまれず、疑われず、嫌われず、侮られず……。小説を書く準備のための旅みたいな気分だったが、ただの口実みたいな気もしていた。

私は明るくのんきだった。一人で生きてゆくのは楽しいと心から思っていた。

あのころと同じくらい、今の私はのんきに自由を楽しんでいる。

でも、あの一年間の能天気さは、いったい何だったのかと不気味に思う。

実はそこが自分のいちばんの謎に思える。

他人みたい。

そのくせ、いつまでも平気で続けそうな自分が、こわくなって、もといたところに帰っていった。

そうして、何もなかったように、素知らぬ顔をして、もとの生活に戻った。

私は、そのときも、とてもうまくやった。誰も私を責めなかった。

家族も他人みたいだった。叱らず、聞かず。目を合わせず、出ていく前と同じように、大事なことを何も話さなかった。

そういうことをしたのは、遺伝子のせいだろうか?

私以外の誰ももっていない珍しい遺伝子。

家族の人々も一人ずつ、珍しい遺伝子の持ち主。

それって、何だ?

わかりあえないって、おたがいに、わかっている?

父と兄。母と妹は、何だか、似たような態度をとる。見ないふりをしながらいつも怒っているみたいな人たちと、じっと見て、何もいわずに、大きな声で笑う人たちと。

私は、見ないし、言わないし、考えないし、怒らないし、笑わない。


いっしょにいてはいけないと思うけど、でも、家族だから、いっしょにいなくてはならないとも思い、帰ってきた私を追い出したりしないあの人たちのことを、悪く思ってはいけない、とも思い、家族については、自分のことと同じに、考えをすすめるてがかりが見つからない。

何を思っても、ちょっとちがう、と思う。

考えたくない。

家族のことを考えたくない、ということが、ずっと、気になっている。

自分のことで精一杯。

そんなだから、人どうしはわかりあえない、と思っていた。

自分のことだけでもわかりたいと思って小説を書いてきた。書いた理由はそれだけではないけど、でもそれもひとつの理由。

小説のなかに、わかりあえそうな登場人物がけっこう何人もいた、というのも理由のひとつ。

で、さらに、私は、小説を書いてきたおかげで、現実の世界で、小説の登場人物ではない、とてもふしぎな三人の人に出会うことができた。私の書いた小説がその人たちを私の前に連れてきた。


その三人の人たちのことを書きたい。赤の他人なのに、ほとんど初対面で、この人とはわかりあえる、と感じた。

自分の言葉が言葉通りに受け止められたのは嬉しかった。

言葉が通じる、と思った。


小説を書くと、作品評を書いてくれる人が現れた。最初の作品を最初に評してくれた人が、秋山駿さん。

たった一人だけ、私の書いた小説を、私の感覚からまったくはずれることなく解説してくれた人だ。

その後も秋山さんは、私が書いたものに必ずのように評をくれた。一度も、ピントをはずすことなく、私より正確で魅力的な言葉で、私の書いたものを紹介してくれた。

私は自分が何を書いたか、秋山さんの文章に教わったようなものです。

書き続けることができたのも、秋山駿さんのおかげです。


なんとなく、私は、秋山さんの思っていることがわかる。

だから、あんまり、話をしたことがない。

いっしょにいると、とても居心地がよくて、にこにこしながら黙っている。


あなたの考えていることを書けよ。あなたが何を書きたいのかはわからないけど、書いたものを読むと、なるほど、こういうことを考えていたのか、面白い、と思うんだよ。

私と私の小説の命の恩人。秋山さんが、私の小説を書く場所をつくった。

秋山さんが、この作家はいい、といわなければ、私が書いたものを発表する場所はなかった。


ふたり目の、ふしぎな人は、夫です。

結婚したくらいだから、ほんとにふしぎ。

結婚する？　と私がいったら、うなずいた。

最初の出会いから二十二年目。結婚してから、三十二年。知り合って五十四年たつ。

どこがどうというのではないが、彼は、私が小説を書くことを、日常として受け入れている。

小説を書く私を、ふつうのこととして受け止めている。

もとは他人だったが、今は唯一の家族で、もとの家族だった人たちより、はるかに親しい間柄になった。

家族が大事、と世間の人々がいう意味がわかった。

食べるものがおいしかったり、人と話すことが楽しかったり、眠ることが幸福と感じたり。

夫と同居する前は、なかったことだ。

夫の愛読する、人を楽しませるために書かれた小説を、私も読んだ。

夫のことを書こうとすると、頭がまとまらなくなる。

ただ、そういう夫といっしょに暮らしていることは、私を知っている人には知ってもらいたいと思う。

結婚したとき、その先三十年以上も、仲良く暮らせる相手だなんて、思ってもいなかった。

先のことを考えたことなど、たぶん、一度もないけど。

必要なとき、必要なものや人が、ちょうどよく現れる、ということが、私の場合、多かったように思う。

遺伝子のこともあって、最初から、自分にぴったりした人やものがある、と思っていなかったから。

でも、特別といっても、生き物だから、唯一無二の存在というのはありえない、とも思っていた。生物学でならったのは、必ず例外があるという事実。例外もルール内。似たりよったりだけど、決して同じではない。まるで似てないけど、同じ仲間。突然変異が必ず生まれて、新しい種類が増えてゆくこと。

自分にそっくりな顔の人が世界に三人はいる、と聞いたことがあるのは、生物学でならったことではないけど、ニュアンスはそんな感じ。

顔だけ似てる人なら、二人、知っている。私をいれて三人だ。五歳くらいのとき、母親が、雑誌のページを開いて、

「この子、みず子に似てない？」

と驚いた声をだした。

「よく似た子がいるものねえ」

婦人雑誌の夏服ファッション特集に載っていた、少女モデルの顔。自分の顔ってこうなのか、

と思った。鏡も写真もまだめったに見る機会のない年頃と環境だったので、自分の顔を見慣れていなかった。

その写真の、その少女の顔は、かわいいとはいえなかった。一人だけ、場違いに、精彩に欠けていたように思う。

もう一人は顔を見る機会はなかった。旅先でその土地の人に、強い声で呼びとめられ、人違いだといっても、なかなか信じてもらえなかった。アヤコという女性で、病人なのか、一人で外出してはいけないような状況の人らしかった。

人が見る私の印象は、だいたいそのようなもののようだ。

書いた小説がカナダとドイツで翻訳され、相次いで出版されたとき、違う国で違う人の描いた表紙絵の両方が、雨あがりに、閉じた傘を持った、さびしげな少女のたたずむうしろ姿という同じ図柄だった。

私自身の外見も小説の印象も、そういうことで、人がそう感じるらしいなら、そう見えるのだろうとは思っている。

顔でなく、中身が自分に似ている、と私が思った人も、三人、という一致は、どうなんだろう。世間的に、そういうアンケートの結果みたいな数字がもしあるのなら知りたいけど。

無理にでも、つじつまをあわせなくなるくらい、なにか、つながっている、似ている、と感じる。

まだ未来のある若者なので、おかしなことは書けないけど、私にとって、秋山さんと夫の次に、大好きな人になった。

夫と結婚した年に、その人は生まれている。

出会った最初のころ、初恋みたいな気がしてたけど。

探していた人に巡りあった感じ。

何のためとかいうのではなく、ただ、こういう人と出会ったら、きっと初恋に陥る、というような意味で。

だから、たくさんの人が、彼を大好きで、私も、大勢のなかの一人にすぎない。

それでも好き。


実は、夫に似ている。

夫に似ているだけでなく、私自身とも、とてもよく似ている。

秋山さんに夫の書いた本を見てもらったとき、
こういうのを書く人はいいな、すごく感じがいい。こういうのが、ボクなんかには、ちょうどいいんだよ、
といわれた。

そういってくれたのなら、いい本だと思っていいのかな。

いいんじゃない？

私は秋山さんと夫がつながったことで満足した。

公共施設のトレーニングジムの専属トレーナーの、もうひとつの顔である、プロの総合格闘技家としてやる試合に、夫といっしょに応援にゆく。

四試合見て三勝一敗。
強い。

負けることもあるけど、でも、試合を見ていると、何だかとても楽しそうに感じられて、目をはなせない。

これまで会ったなかでいちばん好きな男だ、と今でも思うけど、思うだけで、満ち足りる。人として、と思ってこの世の中を暮らしてきたけど、男として、と、はじめて思った人だ。

はじめに相手が蹴ってきて、案外、強かったので、頭と筋肉が固くなってしまって、それをほぐす時間がほしかったので、とくに頭の方をほぐそうと思って、しばらく、様子を見て。蹴りで来られたので蹴り中心でいこうと。

動画で見たより三倍くらい強かったので、途中から楽しくなっちゃって。

最後のころは、相手の足は痺れていたみたいですね。

試合に勝ったあと、私たちがすわっていたリングサイドの席に来て、そんな話をした。いちばん最近の試合だ。彼を応援している大勢の人たちの並びに私たちもいる。

応援してくれる人がたくさんいるんで、といって、そこのチケットをとってくれるようになった。

素直な人だね、と夫はいう。

私はそういう人にキックボクササイズのパーソナルレッスンを受けている。短い時間だが、ほかの何をやるときより、幸福感が強い。生きる喜びに直結している。

小説を書きあげたときにも、たまに、そういう瞬間があったことはあったけど。

つなげるよ。

ジャブ。左フック。右膝。相手のストレートをかわして、右ストレート。

もう一回。

もう一回。

もう一回。集中して。

よーし。

それじゃ、次ね。

練習を重ねて、ようやくコンビネーションが決まったとき、自分のパワーが、予想を超えた強さで、一点に集中してゆくのがわかる。

彼のトレーニングは、私の身体と頭にゆっくりしみこむ。私の身体も頭も案外にがんばって、それをよく覚える。

覚えた瞬間に、次ね、と声がとんでくる。

小説を書くより頭を使う。


ほかにも、結構たくさんの人が、私が小説を書くのを応援してくれていたことを、だんだん知るようになった。


若いトレーナーのおかげで、体も頭も元気になったので、また小説を書きはじめた。書く源が、もととは根本的に違うので、慣れなくて、内容もゆらいでばかりだけど、私はまた小説を書いている、と思うだけで、びっくりする。

何人かの、応援してくれている人のために、書いている。


今の私はこんなふうです。

明日のことは、わからない。

小説

いつもの体操教室のパーソナルレッスンを受け終えて、帰りかけたとき、私の次にレッスンを受ける予定の女性が、急いだ様子で、トレーニングルームに駆け込んできて、「明日からここを閉鎖するって、事務の人たちが話してましたよ」と教えてくれた。

翌日、彼女の言った通りになった。

それ以前から、コンサートやランチの会などといった恒例のイベントもいくつか中止になっていたので、あまり驚かなかった。それが三月二日。小刻みに休止期間が延ばされて、四月六日には全館が閉館となった。

地域プラザという名のついた区の文化施設内のトレーニングジムに、私は数年前から通っている。

年をとって、歩くのがつらくなったとき、人に教わってそのジムに行って、そこの専属トレーナーがやっている老人対象の体操教室に参加した。

地元の公共のジムなので、行きやすかった。行って、すぐ気に入って、脚も順調に元に戻った。脚だけでなく、一回やるたびに全身が具合よくなるので、やめられなくなった。

トレーナーはSさんという。トレーナーをやるかたわら、総合格闘技のプロの現役選手でもあって、年に一、二度、試合に出て、勝ち星を重ねているのも、だんだん、わかってきて、面白かった。


通いはじめたころはグループレッスンだけだったが、二、三年たつと、パーソナルレッスンもやるようになり、そのうち、キックボクササイズを教えはじめたと聞くと、いてもたってもいられなくなり、考える間もなく、受けたいと申し出た。

Sさんの出勤は、火曜から金曜の週四日。その四日の午前中に、グループレッスンがある。種目は日替わりで、全身、股関節、肩甲骨、バランスボール。

パーソナルレッスンは、午後の空いた時間にやるが、そんなに何人もできない。順番待ちが大変で、最初のころは月に一回受けられればいい方だった。原則は二週間に一回だが、うまくいかないときは五週間待ちもあった。

技術と人柄を兼ね備えていて、とても人気があった。

一対一で、初期は四十五分だったのが、受講希望者が多いので、三十分に短縮されて、やっと二週間に一回、回ってくるようになった。

そのうち、やめる人も増えて、毎週できるようになった。

やめるのは、きついからだった。

生徒の大半は七十歳前後の女性で、運動経験がなく、学校時代の体育の授業も見学ばかりだったという虚弱体質の人が多い。でも彼は、誰にでも、その人に合わせて、運動効果を基準に、メニューを決める。だから誰でも、体力なりにきつい運動をすることになるし、通うほどハードルが上がって、きつさもアップする仕組みになっている。

トレーニングなので、少しくらいつらいのは当たり前、と私も一度いわれて、なるほどと思った。

かなり頑張らないと、課題をクリアできない。頑張っていると、ある日、できる。そのあとは、ランクをあげて、強い運動にチャレンジする。できると、喜びに包まれる。

運動が好きで、よかったです。

Sさんに、できないことができるようになる方法を教わりました。

運動の上達方法ですけど、小説でもそうだなと思います。どうやって書けばいいかわからないことでも、迷い続けていると、少しずつ、言葉が生まれてくる。言葉が集まれば、小説になる。ランクは人それぞれですけど。

レッスンを受けていると、小説のことが思い出されてきました。小説が好きだったことを、思い出しました。


およそ四十年前、小説家として暮らしはじめたころ、どうやって小説を書き続けていけばいいのか、わからなくて、途方にくれてました。

何が書きたいのか、いつも焦って、言葉を探してました。

なぜ書くのか、わからなかった。

書くことしかやりたくないのに。

書きたい気持だけが、先走って。

わからないから書く、というのが私の実態なんですが、わからないことが好きなのかもしれないです。書けばわかる、と自分で思ってはいないような気もします。

さらっと、当たり前のことを書くみたいに、書きたかったです。

私の書くものは、なんか、ばらばらで、バタバタしていて、不自然でした。

新人作家だった私が、ある時期から、急に、中堅作家みたいな扱いになりました。今まで、私の作品に触れたことのない職業的評論家の人たちが、たくさん、書いてくれるようになって。当たり前の作家の一人みたいに論じられてました。

そのころから、たくさん書くようになったんです。注文が増えたから。自分でも何を書いているのかわからないくらい、たくさん書いた。書いているうちに、ほんとにわけがわからなくなって。続けざまにいくつか病気をして、時が流れて、気がつくと、どこからも、小説の注文がこなくなっていました。六十歳くらいのときです。

細かいことは覚えていません。

そうか、と思って、書くのをやめました。

ヒマになったので、体をきたえはじめました。ずいぶん、弱っていたので。

あっという間に、健康になりました。

体力が戻ったのに、小説を書かなくてもよいのは、ヘンな気分でした。


私は、ほんとに、単純な人間なんだと思います。

全力で走れるくらいに、体力って、戻せるかな。

ふと、そう思ったら、カッと、体が熱くなるくらい、やる気になりました。


走るのも、書くことと同じくらい、好きで、これもうまく説明できないんですが、全力で走れるのは、思ったことがうまく文章に書けた、と同じくらい、私にとっては、満足感が強いんです。

小学校の運動会で徒競走をはじめてやったとき、すごく楽しくて、いつも走っていたい、と思ったことを、覚えています。

短距離の選手になってオリンピックに出たい、と思いました。

ちょっと脚が速かっただけなんですが。

でも、練習すればもっと速くなる、と思って。単純なんです。

前にも書きましたが、字を覚えて、本を最初に読んだとき、本を書く人になりたいと強く思って、それが、生涯の夢になりましたけど、短距離の選手になる夢も、中学生のころまでは、本気でめざしてました。練習もしてました。本を書く練習もしてました。昼間は走って、夜は寝る前に妄想をふくらませて。

人生で抱いた最初の夢と二番目の夢です。

人生を終えそうな今ころまで、その夢が続いていることに、驚きます。

自分が思う走ること。

自分が思う小説。

はじめに抱いたその感覚も、六十年間、変わらないままです。

そのことを書きたいです。

とりあえず、小説関連の話を先にします。私以外の人にとっては、走ること関連の話は、たぶん、どうでもいいことですよね？

小説は、一人で書くものではあるけど、活字にしたり、本にしたりは、会社の人たちがやることです。本が長く出ないような時期は、小説家と名乗るのも、気が引けます。でも、ずっと応援し続けてくれる人たちが、いますので、自分は小説家なのだといまだに思うことができています。むしろ昔より強く、そう思っています。私は小説家です。その人たちのおかげです。

私の小説家生活は三期に分かれます。四十代前半くらいまでの、文芸誌中心期。次が四十代後半から五十代後半の、迷走期。

そして六十歳から七十歳までの十年間が、新境地期。

簡単に説明します。

一期は、無自覚、手当たり次第の乱筆期。

二期は、先に進むための道をさがす手探り期。

三期は、ゴール期。

三期は、もともと、なかったはずのものです。ゴールすることなく、うやむやのままに、小説家生活を終えたつもりでいました。

二期の十作品で、少し、ゴールの光が見えてきた気がしていたので、ある程度は満足してました。

中途半端ですが、自分がどこか一点に向かって進みたがっている、という実感がわいてきた十作品です。

進むというか、戻っているというか。少なくとも、方向性がでてきた、といえます。

実感としては、もうすぐ、書かなくなりそうな気がして、焦ってました。書けなくなりそうでもあり、書かせてもらえなくなりそうでもあり。

こわかったので必死に書いた。でも、時間切れで逃げきれず、注文が消えました。それで、終わりが来た、と観念しました。

ここに二期のその作品名を並べて書きます。

1992　顔　新潮一月号
1993　風草　文芸三月号
1994　美見津　群像十一月号
1995　トモ子　海燕十二月号
1995　首　文学界十二月号
1996　にんげんの花　新潮八月号

2002　添い寝　新潮六月号
2002　通信　季刊文科21
2004　ハハの大切なもの　群像七月号
2005　手術　群像一月号

こうやって作家生活って終わるんだと思って、息をひそめてました。書かない生活が続いても、別段、心に変化はありません。書きたいことが書けなかったのは、同じですから。


三年くらいたったとき、個人で雑誌を出しているという方から、長めのエッセイの注文をいただきました。

四百字詰め原稿用紙換算で十五枚分とのことでした。

それだけの量なら、エッセイでなく、小説が書きたい、と咄嗟に思いました。


エッセイは苦手です。

小説が得意なわけではないですが、エッセイを書きたいと思ったことは一度もないです。

でも、結果、小説のようなエッセイを、書くことになりました。エッセイのような小説かもしれないけど。私には区別がつきません。

小説を書いていいです、と許可していただいて、その後十年間、ほぼ一年に一作ずつ、今書いているこの作品を含めて九作、一作は四百字詰め原稿用紙換算で三十枚ていど、という条件で、書き続けることができました。

好きなように書いていいといってもらえたので、そのようにしました。

そのほかに別の雑誌が声をかけてくれて、四作書き、合計十三作、が三期の作品です。

2008　女学生　季刊文科40
2011　こころ　始更9
2011　朝寝坊　季刊文科51
2012　雨傘　始更10
2013　舞台　始更11
2014　言葉　季刊文科62
2014　線香花火　始更12
2016　気合　始更14

2017　春は来た　季刊文科71
2017　鏡のある部屋　始更15
2018　開始　始更16
2019　履歴　始更17
2020　小説　始更18

ほんとに好きなように書けました。

自分の好きな書き方が、やっとわかった。

自分以外に誰も読まない、と思ったら、はじめて、嫌いな人や、好きな人を、一人ずつ、じっと見つめる、自分の視線に気づきました。その視線の先にある人と光景をスケッチしながら、自分はこんなに、人のことを気にして生きてきたんだと、思って、すごく緊張しました。

「こころ」「雨傘」「言葉」「線香花火」これを書くために作家になったような気がして、書けたとき、嬉しかったです。

「気合」以後の五作が書けたのは、この四作品が書けたからです。これが書けたので、ほんとの作家になった気分でした。

文章が、生き物みたいに、紙の上を動いている。

私という生き物が、私の感じることを文章に書いて、それを読む人は、私の実感とどれくらい似たことを、あるいは全然違うことを思うのか、思わないのか。違う人間なんだから、違うことを思う。同じ人間なんだから、同じことを思ったって、よさそうなのにとか。全然違うのか、ほとんど同じなのか、とか。


小説は何を書いても自由、と、教わったので、小説を書く道を選んだ。

書いている間はわからなかったけど、二期三期の全作を並べると、だんだん自由になってゆくのが、よくわかる。


三期作品は、これまでに書いてきた小説のなかでダントツに好きで、何度読んでも、飽きない。

今まで私の書いたものを読んでくれた人にも、読んでもらいたいです。

感想をきくのは、こわいですけど。

小説の話はこれでおわりです。つぎに、走る話をします。私にとっては、別の話ではなく、つながっているのですけど。思いがけずつながったから、三期作品が生まれました。つながったわけを書きます。

三期の小説を書きはじめることができたのは、個人雑誌を主宰しているFさんという人が、書かないかと誘ってくれたからなんですが、書きたくなったのは、Sさんと出会ったからです。「気合」以来、Sさんのことしか書いていません。

私は、小説の注文が来なくなったので、小説を書くかわりに、地元のジムに出かけていって、運動をはじめました。十人前後の、私と似たような年頃の女性たちといっしょでした。

三十分の運動のあと、三十分のストレッチをします。

自分のための特別な魔法の時間のようでした。時間がはじまると、一対一で向かいあっている錯覚に包まれて、とても集中します。私は見る見る元気になって、Sさんが魔法使いのように思えました。

Sさんはふしぎな人でした。体を動かしている間、私は、ずっと、彼を主人公にした小説を書きたいと、考えてました。一目見たときから、ずっと、そうです。

でも、どんなふうに書けばいいか、わからない。

私は、現実の他人のことを、小説に書いたことがないです。書きたいと思ったことがなかった。はじめて、書きたいと思った。彼の何を書きたいのかではなく、彼を書きたい、みたいでした。

この人が自分であったらよかった、というふうなことを思った。自分はこの人のように生まれ育ちたかった、というふうにも思った。どういう人間になりたいか、と聞かれても、答えられたためしはなかったけど、この人だ、と会った瞬間に、理解しました。

うまく説明できないので、もう、あきらめます。

でも、そのうち、自然にわかってきたことがあります。

誰でも、彼をほめます。いっしょに体操をやっている周囲の女性たちも、ジムのスタッフたちも。

ああ、そうなんだ、と思いました。私は特別じゃないんだ。

自分にとても似ている人のように思えたりしたこともあったけど、どこも何も似ていないです。

とても、まじめで良い人で、優しくて、賢い人だと思います。子供のころは体が弱かったそうです。体を強くするために運動を始めたそうです。サッカーをやって、柔道をやって、総合格闘技のプロ選手をやって、トレーナーをやって。

体操をする間、とても居心地のいい時間が流れます。

私は、それでも、時々、Sさんの言葉や表情を、メモしたり、運動のことをメモしたりしました。

小説を書くなら、失敗したくなかった。

運動に集中し、体がある程度、整ってくるのを待ってから、走る練習をはじめました。

七十一歳から。

コロナで、緊急事態宣言が出された日に、走りはじめました。ジムのある施設が閉館になって、運動ができなくなったので。

どのくらい走れるのかと思って、夫にタイムをはかってもらいました。

百メートル換算で三十七秒でした。

百メートルを一気に走るのは体力的に無理なので、三十五メートル走って三倍した数字です。

事前にもらっていたSさんのアドバイスで縄跳びを三分間できるようにしました。階段の二段飛びも、できるときはやりました。

自粛期間中、ほぼ毎日、主人と、散歩と運動をかねて、近くの隅田川の両国橋のたもとにある広場のようなところに通いました。

徒歩で三十分くらい。頭上に首都高が走っていて日差しが遮られ、防波堤で人の視線も届かず、おあつらえむきの運動場でした。雨の降る日にも縄跳びのできる場所を探していて、見つけました。

側道のような感じです。

幅は四メートルくらい、長さは二百メートルくらいあります。

マンションやビジネスビルが壁のように連なって、街の谷底みたいに、いつも涼しく、静かです。たまに人が通ります。抜け道ふうに利用しているようです。

全体に川側が高く傾いています。

縄跳びは、ボクシング飛びというやり方を教わって、縄は片手に持って回すだけです。足に引っかけてやり直すことがないので、きっちり三分できます。ボクシングの試合の一ラウンドが三分なので、体で三分を覚えるための方法らしいです。

七十年以上生きても、得手不得手は、変わらないです。子供のころに好きだった運動が今でも好きで、運動を上手に教えてくれる人に初めて出会って、よほど嬉しかったんだと思います。

幸福、ということを感じます。私がこの人であったら、とても幸福だろう、と思います。その人が、とても幸福な人、というのではありません。

よくわかりません。

ただ、私はああいう強い人が好きなんです。

走る練習をはじめて十日後に、百メートル換算のタイムは三十三秒になりました。これは五十メートル走って二倍した数字です。

百メートルはなかなか走れないので、五十メートルの測定をするようにしました。

一カ月後、十三・五秒。

二カ月たって、大体いつも十三秒くらい、体調のいいときで十二秒くらいで、頭打ちになりました。

三カ月目、ジムが再開して、Sさんの筋トレのパーソナルレッスンを久しぶりに受けることができた翌日、十・五秒が出ました。新記録ですし、いつもより二秒短縮していました。驚いて測定しなおしたら、さらに短縮して、九・九秒でした。

その後はまた戻って、十二秒が限度といったところです。

レッスンを受けた翌日は、必ず少し短縮します。今のところ、九・九秒が新記録です。

レッスンの内容もいろいろです。股関節をやわらかくしたり、下半身の筋肉をつけたり、どこをきたえても、今のところは、走るのに効果はありそうです。

それでいいです。小説を書くにも走るにも、能力とトレーニングとのかねあいはあると思います。Sさんを見ていると、運動能力のケタが違うのがわかります。違いに圧倒されますが、そういうことと関係なく、とてもていねいに、とても熱心に、鍛え方を教えてくれます。楽しそうです。

もうしばらく続けてみようと思っています。

小説も、これでやめるのではなく、また書いてみようと思ってはいます。

たくさん書けてよかったです。

書いただけですけど。

書けたんだからいい、と思います。

これからは、たくさん走ってみます。走るのは、とても楽しい。走りたいと思うのが当たり前なほど、わくわくします。走るのも、かなり、自由です。

走るだけですから。

初出一覧

女学生	「季刊文科」40	二〇〇八年三月
こころ	「始更」九号	二〇一一年十月
朝寝坊	「季刊文科」51	二〇一一年二月
雨　傘	「始更」十号	二〇一二年十月
舞　台	「始更」十一号	二〇一三年十月
言　葉	「季刊文科」62	二〇一四年四月
線香花火	「始更」十二号	二〇一四年十月
気　合	「始更」十四号	二〇一六年十月
春は来た	「季刊文科」71	二〇一七年五月
鏡のある部屋	「始更」十五号	二〇一七年十月
開　始	「始更」十六号	二〇一八年十月
履　歴	「始更」十七号	二〇一九年十月
小　説	「始更」十八号	二〇二〇年十月

増田みず子（ますだ　みずこ）
1948年、東京に生まれる。東京農工大学農学部卒業。77年、「死後の関係」が新潮新人賞の候補となり、小説家としてデビュー。その後「個室の鍵」「桜寮」「ふたつの春」が連続して芥川賞候補（その後も合わせて計6回）となる。85年、『自由時間』で野間文芸新人賞、86年、『シングル・セル』で泉鏡花賞、92年、『夢虫』で芸術選奨文部大臣新人賞、2001年、『月夜見』で伊藤整文学賞をそれぞれ受賞する。著書として他に、『自殺志願』『降水確率』（以上、福武書店）、『鬼の木』『火夜』（以上、新潮社）、『夜のロボット』『水鏡』（以上、講談社）、『禁止空間』『風草』（以上、河出書房新社）ほか多数。

田畑書店

小　説

2020年11月15日　第1刷発行
2020年12月25日　第2刷発行

著 者　増田《ますだ》みず子《こ》

発行人　大槻慎二

発行所　株式会社 田畑書店

〒102-0074　東京都千代田区九段南3-2-2　森ビル5階

tel 03-6272-5718　fax 03-3261-2263

本文組版　田畑書店デザイン室

印刷・製本　中央精版印刷株式会社

ISBN978-4-8038-0376-1 C0093

定価はカバーに表示してあります

落丁・乱丁本はお取り替えいたします